U0670785

Xiron Poetry Club

磨 铁 读 诗 会

那些写诗的80后

春树 —— 主编

中国友谊出版公司

一代人的诗歌

文 | 春树

大概 10 年前，我陆续编选过三辑《80 后诗选》，那时候 80 后诗人尚在成长期，还处于论坛时代，每天都能看到新冒出来的诗人。我们那时候正青春，荷尔蒙气息浓重，这在诗里也体现得淋漓尽致：大部分诗都是关于爱情、性的苦闷、孤独，再加上对未来的憧憬，对上几辈人生活方式的反叛。出于想与 70 后诗人抗衡，以及创造一个我们这代人的发表阵地，我认为编选《80 后诗选》很有意义。后来没有编第四辑，因为大家年龄大了，有些人不写了，有些继续在写，越写越成熟，论坛时代也随着中国互联网变化而结束，取而代之的是博客、微博、个人公众号，我认为没有必要再以一代人的名义编下去，各自成长、各自发展才更符合我们 80 后这批个人主义者的气质。

这些年，常有人提起我编过的这三辑诗刊，它们散落在全国各地的诗人及诗歌爱好者手里，就像几滴浪花撒向汪洋大海一样，数量几乎可以忽略不计，功效则稍有一些。这份诗选的编辑和入选者全是 80 后，在选择上我只看诗的质量，不看资历与名气，也正因为如此，大部分入选诗人现在早就消失了，不知道是不写了还是蛰伏了，总之见不着了。有次沈浩波酒后跟我说（这是他的真言）："我觉得你太在意你们这代人了。"说实话，早晚有天该摆脱"80后"的冠名，早晚有天该脱离这个群体。一个大诗人，一个在历史里能站得住的诗人，肯定不能被一个年代所局限和定义。必须要反父权，甚至反自己。只是在写诗的初期，同代诗人给了我诸多赞美，此种谬赞和信任，令我至今难忘，也深以为必须做点实事以帮助大家发声。

同时，诗人之间友情和日常生活里的交流，让我看到了80后诗人们写作的成长和变化。作为经历过独生子女又到现在放开二胎的时代，经历过共产主义教育又经历了商业大潮的洗礼，经历过第一代文学市场化的我们，可算是经历得太多太多，这时代太难以看懂了！这些经历不仅成为我们写诗的内容，同样构成我们诗里的质地与氛围。这也是我经过几年的思索，最终决定再编一本《80后诗选》的原因。我邀请了两位优秀的诗人，宋壮壮和李勋阳，与我一起完成编选工作。大部分入选稿件来自诗人的内部投稿，少量来自于自由投稿。结果跟我之前想得大相径庭，投稿的人不少，但基本都过不了第一眼。

在编选的过程中，我常为自由投稿的质量之低之差感到震惊。

中国新诗起源于五四时期，郭沫若《女神》的出版意味着中国有了第一部白话诗集。然而这么多年过去了，当代诗歌读者的审美水准依然停留在上世纪80年代，最多到几个因人而名的诗人止，对于当代诗歌的发展，绝大部分读者处于完全不了解的状态。这是谁的错？是诗歌门槛太高、纸媒没落、社会浮躁之故吗？还是由于当代诗看似入门易，实则很难？每次在微博贴诗，我都会遭遇到谩骂，似乎任何人任何职业都自以为有理由侮辱嘲弄当代诗，在他们看来，写诗太容易了，一天能写 100 首……他们骂的并非学院派那种堆砌文字之作，而是口语诗。还有一个显而易见却常被人忽视的错误观点，即很多写歌词的人如果不再写歌，他们一定是最好的诗人。这是胡说。诗没有那么好写，歌词不是诗。诗可以谱成歌词，但绝大多数歌词不是诗。还有人说，这个人虽然不写诗，但他是诗人。这也是胡说。你可以说他有诗意，但不能说一个不写诗的人是诗人。哪有那么容易当一个诗人啊？诗人这个头衔重着呢！

看同行的诗则爽多了，放心多了。这些年各自的变化在诗里全都有所体现，我们过着什么样的生活，就写什么样的诗歌。也是因为编辑这本诗选，我跟几位当年在论坛时代写诗时就认识的诗友，又有机会聊起这些年的生活。他们的生活境遇就跟小说一样，说起来，我又何尝不是呢！

我和两位编委在编辑的过程中，秉着宁缺毋滥和尽量展现这 10 年各自创作面貌的原则，有则多选，无则少选。为什么是 10 年？因为 2010—2019 这 10 年正是 80 后写作从自发到自觉的时段，也是我们的生活经历急剧变化的时间段。长期不写诗的将不再入选。除了极少数例外。这也是一本 80 后诗人 10 年写作成果的总结之书，已经到了一个 80 后诗人可以进行历史性总结的时候，这些年写作的方向、写作的水平都瞒不过人，大浪淘沙水落石出。有些我曾经的诗友因此而落选，没有办法，为了这本诗集以后能在文本上立得住，我必须按最严格的要求和我的诗歌审美来选。

一本诗集，主编必须要有明确的诗歌审美：只要写得好的——这个好又何其难。文艺范儿的、飘的、玩语言小聪明的、模仿性强的，统统放弃。我最欣赏的是生命力强盛的诗，欣赏有个人特质的诗，在此之中，我欣赏"中正"感，古怪也好、精灵也罢，作者的气质要与作品做到完美结合，要有一个平衡的度。大题材小题材已不重要，关键在于切入点和语言本身的纯度。另外，80后的代表诗人，无论何种风格，应有其一席位置。如果有冲突，名和作品之间，选作品。名诗人更须高标准高要求。

最后我想说，我们现在的诗更内敛、更深刻、更有技巧了，但别忘了我们是中国最有反叛精神的一代，甚至可能是目前唯一的一代！我们要留意，不要在诗里和生活中变得太圆滑太世故，我们依然要保持内心的激情之火！

这将是一本完整展现80后诗歌创作面貌和80后诗歌最高水准的诗集。愿我没有辜负读者和欣赏者的信任和期待。

2019/08/01 柏林

走向成熟，80后没有理由还在"装嫩"

文 | 李勋阳

不知从何时我和春树聊天，中间夹杂了这么一句口头禅：能力大责任就大！

大概我们俩的意思是，有机会能做点事还是要做点事，正如以一人之力把《新世纪诗典》做大的伊沙所言："诗人有大诗人和小诗人，同时有大乘诗人和小乘诗人。"我和春树心里都还是想做点事的，否则老干些别人栽树自己乘凉、别人开车自己蹭车的事，真有些说不过去——当然我们不是指责别人怎么样，只是自己还是更喜欢有担当的人，于是动起来吧，用鲁迅在《阿Q正传》里的话来说："洪哥，我们动手吧。"

也可能我相信一个年少成名并且登过《时代》杂志封面的作家和诗人，真想做点事的话还是能做一点的——至少比我能做得更多，因此我三番五次地和春树说起。正好她去年有个未成形的计划被搁浅，管它呢，东边不亮西边亮，重拾起来我们继续做，那就是编选这本出生于20世纪80年代的诗人的诗集。于是春树正式发布征稿信，先后邀请我和宋壮壮协助编辑。基本上一收到稿件，春树就会分别给我们俩转过来。我们三个也毫不顾忌地表达各自的喜好和意见，说哪首喜欢哪首不喜欢。意见一致的肯定通过，不一致的最后还是交给春树来定夺，谁让她是起头人和主编呢——正所谓能力大责任就大。

总的来说，我本来对依然打着"80后"字眼是持有保留意见的，毕竟80后都奔四了，人到中年，应该是整个世界的顶梁柱了，即便是最小的也已经年至而立，再标榜80后这个概念，显得有点撒娇。但怎么办，如果不框限一下，我们又没办法做事——主要也没能力做更多的事，只能把80后当作像"第三代"这样的概念一样，完全当成一个文学概念。就这样，我自己的气儿也理顺了，剩下的就是我们时不时的编选、交流，一不小心也有半年之久。

生于1980的这一代，诗歌的确已经趋于成熟，也进一步向中坚力量迈进，而且的确就像《新世纪诗典》和《口语诗年鉴》那样，新的诗歌美学已经建立并且深深普及，80后诗歌已经呈现出最新、最先进的文本成就。当然，也如前面所说的，虽已成熟，但还不中坚，这还需要时日，就像现在已经成熟的60后、70后一样。同时，最新的00后乃至10后都在茁壮成长，80后没有理由还在"装嫩"，社会上已经不允许了，更何况在文学上。翻滚吧，80后！加油吧，生于1980这个所谓黄金年代的我们！

2019/08/01 丽江

只有 80 后能在这儿吃烧烤

文 | 宋壮壮

有一次，跟诗人朋友聊天，他刚被聘为一本年鉴诗选的编委，他说自己不会选诗不知道为啥会请他。我说，我也不会选诗啊，也没人请我。没想到过了不久，竟真有人请我当编委了。我不清楚春树为什么会请我，比我会编选的人多了去了，可能他们没空吧。

本书编委三人：春树、李勋阳和我，都是 80 后。其实我想过编委也没必要非得是 80 后，请 70 后、60 后或 90 后来选也不是不可以，旁观者清嘛，可是，人家不大愿意吧。这就像一家酒吧，算了，酒吧没怎么去过，就像一家烧烤店，只允许 90 后的顾客来吃，对于我来说，它就跟不存在一样，我才不管它的烤肉味道是不是鲜美，反正又吃不着。一本只有 80 后诗人的诗选，考虑到目前的诗歌环境，读者大多是写诗者，可能会损失很多读者吧，同时也显得有点小家子气：只有 80 后能在这儿吃烧烤。道理大概谁都明白，也没什么可多说的，书有自己的命运，谁感兴趣谁就翻翻吧。

选诗的过程，是春树给我稿子，我挑出喜欢的。有一些稿子看了容易生气，胡言乱语没入门，或者按照模式化的套路生搬硬套，或者海子式的麦地抒情（你种过几亩麦地？），理解了选诗之难。不管你年纪几何，对诗的认识不同，写的诗就千差万别。有一些我不喜欢的，就直接推了，留给他俩选。其他没啥了。

2019/09/05 北京

目　录

艾蒿

1982 年生，现居重庆。1999 年开始诗歌创作，诗作曾入选《被遗忘的经典诗歌》《新世纪诗典》《新大陆诗刊》《新西兰诗歌》《中国口语诗选》《当代诗经》《世界诗人》等刊物，部分作品被翻译成英、德、韩语。

他们都不说话

养一只乌龟它寂寞
养两只乌龟我寂寞

富贵梦

做了一个富贵梦
我有很多钱
然后
笑醒了
发现

屋里的书架

墙壁

衣柜

四方格塑料地板

以及头顶

坏掉的环形灯

都看着我

安静

悲伤地看着我

我又一次

背叛了他们

节日

一切

准备就绪

只有

马路边

一个乞丐

还躺在

城市供暖的

井盖上

解冻

小时候

离鞭炮最近
最安全的
是另一只鞭炮
从声音可以判断出
大的是家长
而小的
早已按捺不住
他们从父亲
和母亲那里
只用几秒钟的时间
就学会了爆炸
但总有异类
他们不肯爆炸
一定要等我
捡起来的时候
才敞开胸怀
心花怒放得就像
找到了朋友

寺中

在殿前我许不出一个愿
菩萨知道我心有悲苦

生于斯

那些我能写的
让它长出来
那些写不出来的
让它长在地下

严肃的一刻

他终于挤了进去
玻璃门关闭
他的脸被挤在
玻璃门上
他不得不看着
外面
没挤进去的我

我也

看着他

地铁开动

他慢慢地转动眼球

一直看着我

直到我们谁也

看不到对方

足迹

小时候

家乡的山中

太阳早晨九点升起

下午三点落下

后来在西安

太阳早晨六点升起

七点落下

如今我身居的重庆

雾多

我尚未注意到

太阳从哪边升起与落下

我似乎总没有

太多时间去观察

如果在这里
我一直生活到年老
看明白了这里的
日升与日落
也许我就可以说重庆
是我的家

有文化的安慰

照顾我几次
大手术后
父亲似乎得其门道
在老家的医院
当上了护工
收入不错
但他依然不忘
遗憾地念叨
他要是有些文化
就更好了
这次我换了一种方式
安慰他
爸，你看看我

故乡

他们不愿和别人

争夺土地

他们不善于反抗

在穷苦的年代

只为找到一个连土匪

都不愿去的地方

远离水源

然后在五十度的斜坡上

种植土豆和玉米

他们偶尔喊一声

群山相互寒暄

现在已有所不同

年轻的后代出去了以后

就再也不愿回来

两边的野草和灌木

淹没了山路

以至于

让另一些善良的人

再也无法去

看望他们

布满钉子的木板

我们用
两个月的时间
装修好店面
却只用了两个小时
把这些柜子砸掉
这还不是
最棘手的问题
深夜两点
我们骑着高过头顶
装满木板碎屑的
电动三轮车
全城找不到一个
倒垃圾的地方
最后总算
遇到一个正拆迁的
城中村
我们悄无声息地
把这些木板
倒进一间
只剩下一面墙的
屋里
我被其中一块
木板的钉子
不小心
刮破了手指

崔征

曾用名张紧上房,1982 年生于西安。2004 年毕业于西安外国语大学。2014 年出版个人诗集《大攻击》。现居石家庄。

别忘了

悲从中来

悲从东来

悲从西来

悲从西南来

不亦乐乎

按响门铃

把东西递到我手里

让我别忘了

给个好评

白天鹅

白天鹅

从地里长出来

露出脖子和头

睁大眼睛

一动不动

似乎想要叫鸣

我站在原地

试了试

钻不下去

也飞不起来

就帮天鹅们

大喊了一声

窟窿

前阵子

一直在给六十人的大班上课

无论我在课上讲什么

都像是在告别

但不知道

究竟在告别什么

整整两个小时的发言
课后想起，犹如
两个小时的窟窿
窟窿里全是我的告别

最近又接了一个小班
班上只有两名学生
上完大班
再上这个两人小班
感觉像是在欢迎
却又不知道在欢迎什么

像是挖了另一个
全新的
两小时大小的窟窿

差一点
就填上了
前阵子的
那个窟窿

重阳

重阳节当天
学校组织孩子们
到敬老院给孤寡老人洗脚
孩子被分成了若干组
一组一组来
每一组都要给老人洗一遍脚
每洗完一遍
老人都被要求
跟那组的孩子合影留念
轮到第七组的时候
老人受不了了
剪指甲的也有好几波
由于第二波孩子
就没指甲可剪了
所以大家没有合影留念

美好的事

欣赏
一个女人
对客厅的认识

通过

她刚刚

独自

挂起来的

日式

布帘

通过一条

经她的双手

摆放的

灰色

雪尼尔地毯

这是美好的事情

另一件

美好的事情

是

中午

正有人在

外面

的走廊里

用电钻

疯狂地

往墙上打洞

而你坐在

墙壁另一面的

空办公室里

戴着耳机

抓紧

电钻

每个

十几秒

的休息空当

听

柴可夫斯基

演练

消防员在火灾发生之前

就到达了现场

准备就绪

焦急地等待着

大火燃起

以便进行扑救

同伙

芬尼根总在说

我把烟头

灭不干净

刚

我又摁了一个

在烟灰缸里

烟头

还是没能彻底灭净

几点火星

跳了出来

朝我眨了眨眼

然后倏地

熄灭

电梯

从二十三层下来的时候

我脑袋里在写一首诗

电梯里没有同行

眼睛可闭

可不闭

二十三层好远

诗在脑袋里写完了

才来到第五层

剩下几层

只能跟着倒数

出了电梯

对面的楼里

有另一部电梯

我住在这部电梯的十层

上去的时候

又把刚写的诗

在脑袋里复习一遍

十层好近

还没复习完

咣当一下就到了

我带着没复习完的诗

走出电梯

XL

我喜欢抱女儿时胸前 T 恤压出的褶皱

每当女儿刚离开我的怀抱

我都会下意识低头看看这些褶皱

T恤因此变得松垮垮的
仿佛一下子大了一码
穿着很舒服

城市化石

下雨了
对面小区里的住宅楼
倒映在被雨水打湿的马路上
仿佛龋齿标本

程碧

作品曾在《青年文学》《艺术与设计》等刊物发表，诗歌入选《新世纪诗典》《口语诗》《泉诗刊》《A诗刊》等。

今天早晨我崴到脚的原因

过街天桥上
一个中年男人
一直用目光
掀我的裙子
我加快了脚步
可是，早晨
阳光正把影子拉长
低头的瞬间
我发现他的影子
将要压在我的影子上
我于是用力向前
跳了一下

在梦里

我是警察
奉命抓捕一个
十恶不赦的坏人
就在要抓住他的瞬间
窗外一只鸟叫醒了我
怎么都觉得那是他的同伙

给父亲上坟

我还是像以前一样
有事求你的时候
就会提着酒
来看你

仪式

我姥姥说
她们那时去登记结婚
负责登记的人会问

你为什么要嫁给他

一般都回答

因为他爱劳动

画面

星期六

我们走进美术馆旁边的咖啡馆

在一张长沙发上坐了下来

他拿出一本诗集

身体向右斜靠在扶手上

我拿出一本小说

身体向左斜靠在扶手上

我们的面前放着

一杯咖啡

一杯果汁

不远处的小沙发上

一个人在敲打键盘

如果他是小说家

也许会写

我的对面坐着一对不再相爱的情侣

太阳

冬天
我们开车
经过北方的村庄
结冰的河上
泊着坏掉的木船
远处只有一个人
从桥上走过

趴在车窗上
三岁的小外甥女
突然惊呼
外面真热闹

向外看去
太阳从掉光叶子的树林里
刚露出一点儿光芒
我说
哪里热闹
天空连个鸟都没有

她回答我
太阳出来了
就是热闹

春树

1983 年生于山东，长于北京。现居北京及柏林。出版诗集《激情万丈》和《春树的诗》。主编《80 后诗选》（三辑）。

上午，经过长安街

弟弟说：爸，长安街到了

好好看看吧

这就是你走了二十多年的长安街

我坐在弟弟和爸爸中间

差点哭出来

我这才知道

为什么我喜欢长安街

车缓缓经过军事博物馆

经过中南海的红墙

经过新华门

爸爸已经小成了一盒骨灰

坐在我们中间

不占太多空间

车过天安门

我看到

他站在广场上

看我们经过

怎么也写不好你

你这个农民的儿子

我也生在农村

我也是个农民的儿子

我给你放了一晚上的军歌

号啕大哭——

那也都是我喜欢的

他发来一段雨声

他发来一段雨声

他在国外

并不孤独也不寂寞

他和领导在一起

大领导和小领导

他搬家

他所在的地方正在下雨

他发来一段声音

是雨

周末城铁

没想到

我手里抱着的这一大把花

（不知道是桃花还是梅花）

引起旁边座位上几个人的兴趣

他们窃窃私语

见我注意

干脆用德语大声问我

这是真的吗

我首先茫然不解

见其中一个女子

就是离我最近的那个

染着红头发的女人

凑过来用鼻子闻了闻

才恍然大悟

赶紧用英语说

"真的

这花是真的！"

听闻此言

一行几个
以害羞著称的德国人
笑得像孩子一样开怀
手舞足蹈

画廊间隙的唠嗑

你知道我的画展最少的时候来了几个人吗？
四个。
我、画廊老板、我的一个朋友，专门从丹麦来的
还有一个老头儿
迷路的
他住在旁边的养老院
推错了门
走进来
看见一幅画
非要买
说："这像我！"

仪式感

在我妈来到柏林

照顾我生孩子、坐月子

整整三个月以后

她回北京的第一天

我系上围裙

像她说的

不套头

折叠一下

把带子从腰后

绕一圈

系在前面

我系着围裙做饭

又系着围裙

站着吃完了

刚刚做好的炒米饭

顺手把案板上的菜叶子

倒进了垃圾桶

我发现我是在模仿她

这一发现让我很温暖

在柏林看到"中国工商银行"几个字想念我的汉语

以前真不知道

看到许久没见的汉语

就像他乡遇故知

又像久旱逢甘霖

在柏林坐公共汽车

路过广场

先是看到 icbc

又看到"中国工商银行"几个字

我竟然激动万分

在心里已经喊出来：

"爱存不存！"

生活依然是美好的

诗人皮埃尔开车送我们回酒店时

先放了一首他女儿唱的流行歌曲

又放了一首代表他审美的歌

那首歌不断地唱着"生活是美好的"

下车前，他兴高采烈地说："生活，是美好的！"

第二天午餐

他给我倒酒时

偷偷告诉我"其实我并不认为生活是美好的

昨晚我喝多了！嘻嘻嘻……"

他乐不可支的样子

像一头熊

偷吃了苹果

让我念念不忘的一个下午　一个朝鲜男孩

我记得很清楚

那是参观完寺院之后

大家让导游带着

去饭馆吃午饭

饭后

我走出饭馆

不知道为什么

我与其他人

隔开了一段儿距离

走在市民中间

这时候

我看到马路上

一个穿白衬衫骑自行车的男孩迎面而来

他看见我

笑了

露出两排洁白的牙齿

而我见此情此景

也情不自禁

笑起来

自拍

自拍一张裸照

有我的剖腹产伤疤的

在衣柜镜子前

洗完澡后

没有找到合适的人给我拍

我就自己拍了

这张照片　没法出现在书里

没法发朋友圈

甚至没法贴在 Instagram——

会被当成色情照片删掉的

我用客观的眼光打量

还可以

镜子有点脏

胸有点小

那道伤疤

犹如一个破折号

转而我爱上了它

作为一张照片

它无可挑剔

我发现我还是那么青春

那么迷茫

我一下子想起很多往事

那年，跟男朋友吵完架

我买了张去青岛的机票

退伍的军人来机场接我

我们开车经过海边

中国的海，黄海

对面的海叫太平洋

伤疤

一个女人正在桑拿室

躺着蒸桑拿

我铺开浴巾

也躺了下来

听到那个女人发出沉沉的呼吸声

像是睡着了

她躺着

丰满结实的乳房和壮硕的身体

蜜糖般的肤色

像大地之母

我把手轻轻盖在

自己那道

剖腹产伤疤上

又轻轻挪开

第三个女人推门进来

向我们打招呼

"你好"

我们赤身裸体而躺

三种肤色

同样静默

第一个女人离开时

我睁开双眼

一眼看到那个后来进来的女人

漂亮的乳房

而左乳是一道扭曲的伤疤

她都经历了什么?

我们继续躺下

我们的身体

就是我们的经历

写满我们的故事

我们避而不谈

我们非常满足

此时此刻
我们享受着蒸桑拿

看不下去

我坐在长椅上抽烟
在朋友圈里赞美着阿姆斯特丹
一个店主出来擦玻璃
擦啊擦
直到另一个男人走过来问他
你在干吗
一个女士坐在这里
你为什么不理她
干吗不跟她聊聊天

瞬间

我们拉着对方的手
就这么握着
徒然多出许多亲热
周围是些熟人和陌生同行

"你好吗？" 她问

我像所有刚从外国回来的人一样

忘记了客套

"不好。"

蔡艺芸

1984 年出生于上海。毕业于上海戏剧学院戏文系，代表作有《我的秘密生活》《写诗》等。

电动吸尘器

电动吸尘器发出诡异的叫声

电动吸尘器吃下了很多

它不想吃的东西

它站在那里一动不动

表示抗议

它想呕吐

这圆滚滚的肚子

一天二十四小时的进食

终于有一天

它吐出了一堆东西

一张合影的碎片

几根头发

和某个人的指甲

恰恰

感情就像跳恰恰
你进我退
我退你进
大家都好累

感情就像跳恰恰
你踩我脚
我踩你脚
样子很可笑

恰恰
恰恰
恰恰恰

明天早上吃什么

沉寂的夜晚
我独自躺在床上
思索着
明天早上该吃什么
但是明天没有早上
只有中午

草籽

原名朱蓓蓓，1981 年生人，曾在简书发表诗歌。

困

你让我给你讲个故事
我讲着讲着就讲述梦境
梦境是飘散到天边的云朵
它们找到我

星星

我是给星星浇水的人
掌管着这个世界上泪水的分配
我知道哪颗星星最爱流泪
它的名字叫作贝贝

沉墨

原名庞建国，85后，陕南人，比较文化学硕士。业余写诗、译诗，公司职员，现居深圳。

G20杭州峰会

喝高了

高度白酒的

东方天空

一片绯红

人民币

站在新世纪

广场的中央

吐着干净的唾沫

清点人数

绿色剃度

五月。五月红桃子熟了
构树的叶子也圆满了
我们用一片长满长毛的
构树叶，来给桃子剃度

一片叶子，一个桃子
桃子纷纷落了凡胎毛
出家当了和尚，立地成佛

鸟的自由

鸟的自由就在于：它能自己飞起来
高过人间，并在人间自由吟唱

它还能骑在任何人脖子上拉屎
拉了屎不擦屁股，也不给人擦脖子

邓兴

1980年生，湖南衡阳人。写诗，也写小说。现居长沙，毕业于华中科技大学，曾就职于武汉造船厂。

吃的和喝的

我的车篮里

放着两瓶饮料和一块面包

我推着它们

走向土库村的深处

在一座沙堆旁

两个男孩

一大一小　突然跳出来

大的指着一瓶饮料

他的声音很小：

把它给我

我笑了

我还没喝呢

他转指那块面包：

把它给我

这时我才明白
他们并非想要
一个空瓶子
拿去盛沙子
他们要的
是吃的和喝的
我在他们的脸上
想到了忧伤

黄昏后的傍晚

在球场边
我感觉到了风
它扬起的尘土
像一阵阵波浪
拍打着高处的四周
这是一个夏天的傍晚
黄昏要更明亮，更早些
那个少年
还在一次次地
把球带回中场
射门，射门
他扬起的灰尘
甚至盖过了风

汉阳树

到下午

阵风吹掉

江面的水汽

我又看见了

对岸的楼房

但是我看不清楚

一棵棵树木

在唐代

崔颢写道

晴川历历汉阳树

又写道

烟波江上使人愁

那时候

他站在黄鹤楼

有许多大树

高过屋顶

西藏下来的人

跟我讲讲格桑花
讲一讲
那些别样的黄
和别样的蓝
那些河流
又冷又清
那些动物
曾经是
自己的主人

西藏下来的人
你有大道理
我只有
细微的感动

又有人从河堤上翻过来

他们抄近路回家
是因为天色晚了
不断地有人
从河堤上翻过来

整一整衣服

就成了　街上的人们

一九八七年的秋天

他还没有回家

他还在田埂上

飞快地跑着

在他的眼里

落日的背后

风越来越多

大口

原名李学坤，1983 年生。河南内乡人，现居东莞。

无题

一只蟾蜍
蹦上我的脚面
不惊
不慌
活在人间
我们都是匆匆
只是这次
离得更近

喝酒的小男孩

小工厂的角落里
他坐着玩了一阵自带的小汽车

又玩了一阵手机

坐到妈妈身边

帮妈妈抱来三层鼠标

趁妈妈检测的空隙

他用手敲敲鼠标

放到耳边听听

在最后那层

他拿起那个

放反的鼠标

做饮酒状

咕咚咕咚

啊……

老板，再来一瓶

换气

中秋节后

花生熟透在南河的沙土地里

丰收的红薯被拒绝收购

黑狗老得不停犯病

太阳大得很

却没经过院落的上空

三七　五七　七七

我要离开了
绿皮火车到站的地方
深夜星昏稀
迷了向的我
固执地向着家的方向打了个电话
我换出的那口气
蹦出了几声狗叫

无题

我喜欢睡的床前有窗
就像今天的累
不知如何描述
早早洗漱完毕
躺下　和着月光
就不觉那么累了

第五洋

1987 年生于湖北荆门，毕业于武汉大学哲学系，现居
广州。

轮椅

一个老妇人推着
轮椅准备过马路
红灯来了，她在等
轮椅里坐着一个老头

旁边，另一个老妇人
推着轮椅准备过马路
也在路边等红灯
轮椅里也坐着一个老头

等红灯的间隙
两个推轮椅的老妇人
攀谈起来，坐在轮椅里的
两个老头，互不理睬

两个小孩

小区里
两个小孩
在踢篮球
一个小男孩
和一个更小
一点的女孩
在空地上
踢着篮球
男孩穿绿色衣服
女孩穿红色毛衣
两个小孩
在小区空地上
旁若无人地
踢着篮球
像踢足球那样
踢着篮球

数豆子

我躺在青豆荚里
我在豆荚里想豆荚外

我想象不出外面是什么模样

有一天豆荚忽然被剥开了

惊惶中，我看见蓝蓝的天

和一张少年清瘦的正淌着汗的脸

戴潍娜

诗人、青年学者。出版有诗集《我的降落伞坏了》《灵魂体操》《面盾》等。

炒雪

喜欢这样的一个天
白白地落进了我锅里

这雪你拿走，去院外好生翻炒
算给我备的嫁妆
铺在临终的床上

京城第一无用之人与最后一介儒生为邻
我爱的人就在他们中间
何不学学拿雄辩术捕鱼的尤维亚族
用不忠实，保持了自己的忠诚
这样，乱雪天里
我亦可爱着你的仇家

发小寻

1984 年 3 月 23 日生于江苏连云港，著有诗集《万万》。

三缺一

二〇〇四年夏天

我家住在沈圩村福星路二十三号

我的房间里有一张

标准的麻将桌

每天夜里

我死去的姥姥，姥爷和爷爷

都会围在一起搓麻将

哗哗的声音让我整夜不得安宁

那时我的奶奶住在青年路与南极北路交口

她偶尔会打电话过来

每次我都想告诉她老人家

我不会打麻将

夜里的那一桌

一直是三缺一

少女小寻

我上午做了一个梦

梦见全世界的人都走在大街上

彩色的是活人

黑白的是死人

死人只要用石头一砸

就会倒在地上

就不会在大街上乱走了

开始捡的都是大石头

那些死人一砸就倒

后来捡的都是小石头

要砸好几次才能砸倒

我一边走一边砸

我就是这么做的都快累死了

我白天睡觉

会做很多这样的梦

我就砸啊

一边跑一边捡地上的石头

Ride on

我家门前有两匹马

一匹是白色的

另一匹是红色的

它们是我妈送给我的生日礼物

有一天狂风暴雨

把它们吹倒了

我没有力气出去扶

眼睁睁地看着我的马儿在泥地里挣扎

天黑以后

我出门撕下马皮

糊住了漏风的水泥窗

回到屋里

我看见有的人家马儿在门前站岗

有的人家马儿在四周散步

而我的马儿被风刮得

遍地都是

反复梦见的人

反复梦见的人

男性

仿佛十八岁

眼睛很大

面若清风

总是坐在一条野沟边

说话声音像风中的烛火

忽大忽小

我有时候听得很清楚

有时候很费力

我总想知道他在说些什么

我总得不停地梦见他

我母亲总是说反话

我母亲总是说反话

在这个世界上只有我一个人能懂

她说你走吧

就是你回来

她说你回来

就是你走吧

自从我认识她以来

就是这样的

幸亏我早早就知道了

我总是知道她的真正意图

如果有一天

她死了

其实她还活着

可是现在她活着

其实早已经死了

父亲带我骑大象的那天

我的父亲带我去骑大象的那天

他整四十岁

我十四岁

我们相差二十六岁

我担心人们会对我们产生误会

我担心的事情太多了

以至于忘记骑大象的感觉

那天我骑的大象

身上披着一块漂亮的挂毯

是基里姆风格的

父亲给我拍了几张照片

由于我忘记那种感觉

很焦急地等待冲洗好的照片

来帮助我回味

后来父亲说那天的光线不好

照片全部黑掉了

父亲拿着它们连连摇头

说真可惜啊真可惜

我自己也觉得特别可惜

骑大象可能

并没有像别人说的那样刺激

大象的背部比马宽二十几厘米

骑它就要把腿打开得更宽

这根本不叫刺激

而是羞愧难耐

风景好

七岁的我

顺着竹梯

爬上屋顶

四处看看

再远眺几次

夏天有稻田

冬天有麦田

田地里的坟墓

有时候长满了草

就消失不见了

有时候光秃秃的

站在屋顶上就可以看见

我个人觉得

就是这点不好

其余一年四季

这个村庄的风景

都很好

高歌

山东滕州人，1980 年 6 月出生。著有诗集《锋芒》《一个农民在天上飞》《死亡游戏》，短篇小说集《俗套中人》，长篇小说《刹那快感》。

一个农民在天上飞

一只滑翔伞在天上飞
地上的人们抬头望望
知情人说那是一个农民
在驾驶一架自制的飞机
轰隆隆的引擎声
自城市的上空掠过
我看见它
像一架飞机一样飞
像一片庄稼一样飞
像外太空生命一样飞
像无政府主义者一样飞
像文字狱外的文字一样飞

忏悔

肛肠癌晚期的村长
有一天找上门来
为五年前打伤母亲
手臂的事儿赔罪
恨意未消的母亲
没有让他进门
说你把人杀完了
忏悔有个屁用

每次听母亲说起
那个病死的仇人
我都在想象他
默默离去时的背影
都对母亲说
你该原谅他的

——地下埋的坏人
有几个赔过不是?

还魂记

那年我八岁

前院婶子上吊而死

舌头伸出老长

我一个人在家

墙角里冒出个

白衣女人

说跟我走吧

我吓得跑出堂屋

娘正在后院

晒红薯干

我呆呆地冲娘说

娘我想死

娘骂我小畜生

瞎说什么

赶紧跟我晒红薯

我的大脑

一片空白

将湿白湿白的

红薯干

一块一块

摆满大太阳

底下的后院

乡村公路

我爸骑上电动三轮车

打开手机里的导航

听着嗲嗲的女声回家

前方八百米限速

他开始加速冲刺

前方二百米拍照

他理了理头发

临近村口

他抄了条近路

导航提醒他

前方有条河

前方有条河

我爸说傻了吧

河去年就填了

和前妻在珍爱网相遇

原来她现在月薪五至八千

要找的另一半

月薪八千以上

年龄在二十三至三十八之间

要求对方会照顾女生
拒绝不易培养感情的
情感被动者
我有点儿愧疚地发现
她刚查看了我的资料

柬文的森林

柬埔寨女导游
不无自豪地说
被法国殖民过的
几个国家
只有我们柬埔寨
保留了自己的文字
还是有头有脚的
泰国字砍了头
老挝字剁了脚
越南字是在法文的
头上戴了花环

黑瞳

浙江温州人，80后，诗人、自由撰稿人。诗歌作品入选
《汉诗界》、《中国先锋诗歌年鉴》（2017卷和2018卷）。

办公室的空椅子

狭小的办公室

有两把椅子

一把自己坐

另一把空着

有人进来时

我也不喊他坐

我一个人时

总是坐在我的椅子上

看着那把空空的椅子

昨晚做了一个梦

梦见另一个人坐在我的椅子上

看着我

而我坐的是那把空椅子

后来

我跨过中间的人群
把你从队伍后排抓到
前排挨着我
同学们瞪着眼睛看
老师竟然没有反对
一高一矮
我们成了班上最醒目的同桌
睡不着的时候我溜到你的床上
你整洁的床带着柠檬和枣子的气息
食堂的阿姨说我们长得像姐妹
你盯着那些多看了我一眼的男生
在校园的篮球架下，你笑着说
"长大后
你就嫁给我吧"
长大后
我嫁给了一个男人
你接着嫁给了一个男人
这会不会是我们后来
绝交的其中一个原因

半夜三点钟

我在半夜三点钟醒来
瞥见窗口窥视着我
的黑熊
我看到旁边的人
趴在黑熊的背上睡着
更多的黑熊在楼下穿行而过
它们将进入不同的窗户
不同的人
的梦境
和他们相遇

夏天的散步

多日在六楼上的自我囚禁
连着多日的雨，停了
我到楼下去
买几颗钉子
多日渴望的散步
需要有一个理由
比如几颗钉子
沿途草叶上

水珠在路灯下
泛着宝石的光
没人看见
我手里捏着钉子

光滑的岩石

你的背，光滑的岩石
陡峭的部分已经削减

十年，来来去去
一日复一日，上坡下坡
从我的胸间开垦
种下的树木成荫

树桩有新的疤痕
你正俯身
用锯齿
将它磨去

鬼石

1982 年生，天水秦安人，现居天水。五点半诗群发起人之一。著有诗集《我是谁》。

岁月

他小时候滚过的铁环
后来被他爹焊接在
打麦场的篮板上
许多年过去了
打麦场早没麦子可打
村庄里的老人
一个接一个地离世
童年玩伴都已各奔东西
只有那个篮球架
还挺立在那儿
他一个人在场边上徘徊
突然之间
单脚起跳胳膊上举翻腕
动作也算一气呵成
他把一团空气投了进去

何袜皮

女，苏州人。写诗歌及小说。毕业于南京大学，现居美国。
有专栏文章发表于《南方人物周刊》《VISTA看天下》等。
著有《有病的情诗》《龙楼镇》《1294》等。

大理

那晚县城断电
地上的光只有洱海里的月亮
妇人在卖银镯
把蜡烛挪近一点
哈一口气，擦一擦
看它多么闪亮
像是祖宗的灵魂！

她的笑容讨好
和镯子一样假：
"你需要的不是银子，姑娘
而是藏红花蜜
你咳嗽得厉害

快把心儿也吐掉"

后来的事你已不记得
是谁掏了钱包
甘心像迂腐的游客
买下廉价的爱情符号
只是他碰了碰你的肩膀
这点似曾发生
不会比染红的糖块
更为无益或无害

最后，我们没有买苹果

汤玛斯提了工具箱来帮我修车
三月雨后
空气微冷
松鼠在树林里奔跑
他打开车前盖
卸掉锈迹斑斑的零部件
清洗气门阀

汤玛斯的中文名叫麦乐淘
听上去像一款麦当劳冰饮料

他满脸雀斑，一头卷发
和卡通片里的讨厌鬼一模一样

修好车我们决定试试效果
开车穿过树林时
他问我要不要顺便去超市买点什么
我说可以去买苹果

路上我聊起了前天病逝的系主任
一个年轻时叛逆不羁的考古学家
曾从萨满教的巫术里逃生
这星期给我们上课时
还不时露出狡黠嘶哑的笑容
以掩盖无人知晓的疼痛

再传奇的人生，也终究要旧
像这辆十一岁的二手车
修修补补，时好时坏
但终有一天要报废

汤玛斯听了，咕哝道：
这太糟了。

但最终我们没有去超市
因为谁都忘了
苹果这件事

醉

有很多年我都以为自己是酒鬼
后来发现根本不是
因为我饮酒只是饮酒
不乱性不作乐也不吟诗
甚至不一定要有酒
甲醇也是可以的
嗜酒如命但有时也可舍命
只要你在身旁
只要举杯邀弯月
与你成三人

大凡多于二的，才适合
眉来眼去
飘飘欲仙

你抬头看天：夜色多美呵
酒虽劣，人自醉
我则在寻思着一个好角度
可以突然扶住你的手腕
像林黛玉
像真的
那么醉了

全世界最孤独的人都是卡车司机

美国公路上最孤独的是卡车
身体那么大
头上只住了一个人
一个人和三十吨汽油
一个人和两百只猪
一个人和七千根香蕉

画眉

谁教我怎么把眉毛画对称?
我总是先画右眉
待画到左眉时
已经失去耐心

爱意

很长时间　我都怀疑自己
丧失了爱的能力

只是偶尔

在酒后　出租车上

一个人的后座

窗外黑漆漆的雨

有一滴

刚好飘进来

落在

被麻醉的舌尖上

在此以前，我从不失眠

我有天突然好奇

入眠的那一刹那究竟是如何发生的

于是，我和往常一样

换睡衣，躺下

枕着一条胳膊

佯装睡着

其实警觉地埋伏、守候着

那条醒与眠的分界线

但狡猾的睡眠

再也没有光顾

韩敬源

1980 年 7 月 4 日生于云南石林，2015 年出版个人第一部诗集《儿时同伴》。2015 年出版文学论集《观音在远远的山上——伊沙文学课》。

儿时同伴

我儿时的一个同伴

死在我们经常游泳的那条河中

刚放暑假那时

他还去过我家

开学就不见踪影

留下一个空空的名字

在大家心中空空地挂着

有不明事理的老师点到他的名字时

教室里异常安静

每次经过那条透明的河

老有蓝色的阳光在水面上闪动

我儿时的伙伴

他就坐在水中

低头修表

一个雪花啤酒爱好者醉酒啦

美人如花，在一个性生活爱好者漫长的人生里

美人如花，在潦倒失意寂寞无聊干渴无比的境况里

美人如花，在黑夜来临白天遥远，离灯光也比较远的地方

美人如花，在花开的季节

在你年老如夕阳的瞳孔里

在雪花啤酒的酒瓶子里

一个雪花啤酒爱好者醉酒啦

朋友们都说如果我以后生了女儿

他们就叫她韩雪花

癌症病房

和岳父同在一个病房的两位病友

一个肺癌

一个胃癌

年纪相差不大

六十上下

他们互相打气

要像对待战争一样对待癌细胞

要像战胜童年的饥饿一样战胜癌细胞

这让我的岳母和妻子心情很好

有一个间隙

三个病友的妻子和儿女都不在病房

其中一个说要不是为了他们

我都不想活了

课间的发现

我注意到

学生们留出了

中间前三排

把课堂现场

搞成了凹字形

我在课间

和一个学生聊天

得知真相

来自高年级的同学

告诉他们

坐在前三排

遇到兴奋时

我的唾沫

会打在他们脸上

以各种标点符号的形状

有时候你们全在有时候一个都不在

有时候我想和远方的你们联系

但不想打电话

就用微信

有时候你们全在

有时候一个

都不在

你们彼此并不认识

但都像约好了似的

谈论命运的时候要关好门

老年痴呆的父亲

清醒的时候

跟我聊天

总是忘不掉过去的事

他发出感叹——

这是命

我有点焦躁

表示不服

我说我相信命

但每个人的命

都是一小步一小步

由形状不一的

脚印垒出来的

我刚提高了一点

声音的分贝

风把我没有关好的门

嘎吱一声

吹开

喝到假酒

学生王婷

在束河古镇开了一家客栈

王家新　吉木狼格　朵渔　耿占春等

参加丽江官方文学活动结束后

聚于此地

激动的女学生

买来二锅头

据说第二天

他们纷纷喊头疼

一致认为

喝到了假酒

当我和摆丢及李勋阳

坐在同一现场

朗诵布考斯基

谈论诗歌时

情况有点不同

我四爷的往事

火化以后

用吸铁石

从骨灰里

吸出来的

芝麻绿豆般

大大小小的

碎弹片

已经分不清楚

哪一块是日本造的

哪一块是"国军"造的

哪一块是美国造的

母亲是这样安然睡着的

在最后的日子
母亲躺在床上动弹不得
父亲胞弟和我围坐床边
一如往常谈天说地
一出病房就垂头丧气
有天当我们依然围坐在一起
我发现母亲若干次欲言又止
我起身低声问她
然后冲出病房
到医院门口买卫生巾
然后给她穿好
看她放心地
永远睡了过去

寂之水

原名刘丽，1984 年出生。原籍湖北阳新。文字散见《草堂》《星星》《诗选刊》《中国诗歌》《诗歌月刊》等。

兔子之死

吃草的兔子

吃菜的兔子

毛软的兔子

腿短的兔子

总是竖起耳朵的兔子

总是红着眼睛的兔子

一点声音就缩成一团的兔子

它的双眼多像那个新来的女工

有些迟钝和胆怯

养的这只兔子，到死

都没有发出一点声音

就像那个新来的女工

到离开工厂

都没有说出

半个愤怒的不字

失业

把最后一根灯芯放进机器
把最后一个灯管擦亮
把最后一个纸箱放整齐
把最后一块玻璃碴扫进垃圾斗
最后一次把机器上的灰扫掉
最后一次把松掉的铁丝扳回来
最后一次把工作的围裙挂好
最后一次把窗边的吊兰浇好水
最后把窗户和门关上
我们又一次成了
无处可归的人

刘天雨

生于 1983 年 1 月 1 日，陕西榆林人，在毛乌素沙漠中度过童年。2005 年开始诗歌写作，有诗歌入选《新世纪诗典》《中国口语诗选》等。2014 年与诗人李岩等发起"沙漠之花"诗歌节。

喇叭花

我坐在
漫山遍野的
喇叭花中间
静谧的午后
我被震天动地的喇叭声
包围着

总有一种痛不便言说

一个年轻女人
紧紧攥着我的手
靠在我肩头痛哭

她的丈夫
在我身后的警车上
那双贩卖毒品的手
被我刚刚戴上一副手铐

我做出严厉的表情
呵斥她
不要这样

不是因为
她使那么大劲
攥疼了我
而是我们现在的姿势
太像一对恋人

我怕我忍不住会搂住她抽动的肩膀
轻声安慰
可我还穿着警服呢

线人

我有一个线人

没见过面

不知姓名

只有电话

他经常给我提供

一些价值不大的线索

比如赌博

往往夸大其词

在我通讯录里

他的名字

被一个"线"字代替

这天手机微信

突然提示

您通讯录里的"线"

开通了微信

叫张斌要幸福

点开一看

还有一张

龇牙咧嘴的自拍照

星空下

一些形状各异的星星
画在纸上
星空下一群孩子在玩耍
儿子画完后
跑出去玩了
爸爸看了又看
忍不住
拿起红色彩笔
将所有的星星
修改成五角星

父子俩

周末晚上回家
父亲正在看电视
此时电影频道
正放映着《雨果》
马丁·斯科塞斯的电影
虽然之前看过
我还是坐下来
陪着他看

（也许是他陪我看

我很确定

他不会喜欢

这样的电影）

我们说了几句闲话

他从我的烟盒里

拿了支烟抽

后来就沉默着

在雨果

修好他的机器人之前

他就睡着了

我坚持看完

叫醒他

告诉他

那个孩子

找到了

开启机器人的钥匙

他嗯了一声

并未在意

起身关掉电视

回卧室睡觉去了

罢工

在巴黎买去往
昂布瓦兹的火车票时
被告知
工人罢工
无车可坐

在布卢瓦买去往
舍侬索的巴士票时
又遇罢工
无票可买

在法国的几天
处处遇到罢工
却没看到罢工的人

没有游行
没有集会
没有标语
就好像他们突然不想上班了
就不去上班了

妹妹的玩具工厂

妹妹在玩具工厂工作
用塑料制造手枪
用海绵填充玩偶
她最喜欢的是
用铁皮做的玩具屋
屋子里有个摇篮
摇篮里
一个婴儿在无声地哭

芦苇丛中

芦花如雪
漫天飞舞
我们小心翼翼
行走在冰面上
发现尸体的村民
已燃起了篝火
围火取暖
我先去看了尸体
只有背部一段位置
露出冰面

头和四肢

全冻结在冰下

刑事勘查人员

拿出镢头和铁锹

吃力地凿着冰

天已经完全黑了

最先发现尸体的村民

因为还要带回去做笔录

他已经等得不耐烦了

几次说要回家

我一边烤火

一边试图安慰他

你应该这样想

这种场面

你一辈子

能遇到几次

他果然一直等到最后

等我们将那个走失的老太太

连同冰块

从河里抬出来

李勋阳

生于 20 世纪 80 年代，陕西丹凤人，现居云南丽江。诗人、小说家。创作有小说《我们都是蒲公英，飘着飘着就散了》《黑白心跳》《别摇了，滚吧》等，诗集《身体快乐》。

雨眼

这雨唰唰唰

是有多急哦

隔着窗玻璃

也将我从半夜惊醒

听了一会儿

它便缓了下来

突然想起一个月前

也是这个时候

夜雨大作

只是转夏已成秋

外面的雨丝已开始

嘶嘶唧唧

想要诉说点什么

我便欠身撩起窗帘

向外望去

一道闪电划过

一个湿漉漉黑压压的荒凉世界

正被网在

一个巨大的视网膜上

老好人

火化工

看了看这个死尸

心里思忖道：

这家伙

好烧

小儿国

余果把三个枕头

高高摞起来

端坐其上

床榻之上

悄然升起

一枚小国王

父子冤家

在小儿出生之前

我和妻子打赌

我赌女儿

她赌儿子

当然附有很有趣的赌注

虽然我很喜欢女儿

但又担心自己赢了

生个女儿随己

那可怎么办

自己这尖嘴猴腮的样子

放在女儿身上

绝对是个灾难

最终妻子赢了

现在小儿特别像我

却有那么多人

夸他可爱

国考场上的幽灵

参加高考监考

他们要求

既让考生感到敬畏

又不能让考生感觉到

你的存在

早上出发前

我特意换上自己最喜欢

却又容易捂得脚臭的

帆布鞋

果然在考场上

我走路无声

来回穿梭

像个幽灵

红楼梦的身材

我曾好几次

在这个小城的角落

见到过论斤称卖

的小书摊

但却不曾上前光顾过

当然是因为

我也是一个写作者

这天傍晚

小区门口

路灯下

突然出现一个同样的书摊来

我挑了半天

也只有我自己已经拥有

好几个版本的《红楼梦》可买

称回家后

我抑制不住好奇

用自家的厨房电子秤

称了称

发现比小伙子称的

轻了三两

钢铁江湖

清明时节

阴晴不定

一个侠客

无人可杀

无架可打

肩扛黑伞
耳插耳机
听着朋克
拂花分柳
穿街过巷
来至店前
啪的一声
拍下"武器"
"老板——
你这里
招人不？"

脑洞

过年在老家
带着小侄儿
在村里闲转
讲点童年往事和村中故事
给他
一天傍晚
走过村角一个拐弯时
我突然想起
指着边上的一个地方说

"这里原来有个大坑！"
侄儿将舞弄一路的
树棍儿一扔
兴奋地问
"那是不是日本鬼子
炸的？"

李永青

生于 1981 年 12 月 17 日，职业工程师。

无题

伏见稻荷
千本鸟居前
神说"你啊
要得太多"

无题

玉叶陵园的
十字路口旁
放着两个废弃的沙发
一到夜里
上面挤着灵魂
晒着月光

无题

手指划过百度地图
地球也从中国东部
一步跨入
阿尔卑斯山脚下
我的食指指肚
有朝鲜半岛那么大

再一划
黑漆漆的太平洋
潮汐渐起
泛起波澜

李异

1982 年生于海南，现居海口。

就算天空再深

我对七岁那年暑假

被推进手术室前的记忆

非常清楚，那是

一排错落走着和躺着病人的过道

酒精刺鼻

身穿蓝白横杠的他们，用一种相同的

怪异神色看我

我躺在轮床

乘电梯从一楼推到七楼

沿着走廊左拐

一直进到灯光交织的房间

然后被换到另一张床

卧在上面

好似落入云朵里

他们在角落噼噼啪啪摆弄着

银色器具

我看到针管里的

药水被细细地推射出去

形成一条撒尿的弧线，在空中洒落

闭上眼，冰凉的液体

进入血管

护士阿姨说，这是麻醉药

你好好睡，于是很快地

我困倦极了，世界恍惚

所有事物都消失在黑暗中

我像一缕烟，在天上飞

十个钟头后

腹腔右侧

一道永存的刀疤

证明我曾是

一名隐睾症患者

谛听饮弹作乐的婴孩

现在

人们总是被捏造事情的人声称它千真万确

不过下面的事一点不假

我一向忠于事实

忠于记忆所及的事实

两者相差无几

事情发生在一九九六年二月

地点是海南岛北面的定安

我坐在杂货铺的长椅上

当时喝了两瓶汽水

两名孩子蹲在墙角

嘴里塞满子弹

这是真的，子弹

不是玻璃

他们已经吞咽两排

子弹

在风拂动帐帘时

我目睹了一切

他们肚里的火焰可以杀死街上

十对不止的家庭

子弹会被他们一颗颗

吃光

杂货铺的老板娘是个孕妇

她的胎盘仿佛

在模仿饮弹

作乐的表情

事情经过
就是这样
尽管还要复杂一些
但在我看来
就是这样

过去我是个盲人，现在我看见了

当两具男女尸首大白于天下后
他们已经在窑洞里掩埋了三年。
如果不是杀害他们的凶手之一
随口提及，他们将
永远待在那块陌生地里
直到多年后
被来此玩耍的孩子
踢出这堆白骨。
而在他们二十岁那年突然失踪
所带去的痛苦和希望
也将随着两对老人
一同进入灵柩。

罹难当晚

这对将死的情侣

溜达在街上

被一伙谎称警察的流氓

塞入车厢，开到

僻远无人的荒地

强奸然后杀掉。

死者是我

前女友

失恋后我曾不分昼夜地

惦着她，如今

她被阴霾

取而代之。

一个死亡的鱼缸

盛放着我

每天都感到

大限来临，或许

早已完蛋。

但现在我一切都好

一切都好一切都好一切都好

一切都好。

那时我们到底在想什么

我见过一些事。

在我开始能硬的时候，

有一次偷听

父亲的电话，

他要带一个女人回家，

我假装睡熟

然后等他们把房间

关上，

我蹲在窗户下

不放过里边发出的

任何声音。

那是夏天，

太阳很大，

所有人正在上班。

这是老爸摔断腿

前的一件事，

母亲永远不知道。

她原以为靠和父亲

在公园散散步

就可以度过

余生（他们已经这样干了两年），

但是她终于在皮夹内

发现了私生子

的照片，

当然了，

还有一个女人。

我母亲六十岁，

见到了父亲六岁的

孩子，

我的姐姐疯了，

我的母亲也疯了，

她正在努力逼父亲

一起疯掉。

我的父亲

年轻时候受过苦，

他活了

下来，

他不想

就这么完蛋。

现在的情况

好多了。

但是之前那段日子，

母亲决心报复父亲时，

我正在失业，

我把整条烟一下子抽完，

我觉得我的肺快要

废了，

它在冒烟，

它在变黑，
它在慢慢扩散成为
癌，
我希望我能吃掉
母亲的癌。
此刻
我站在门口，
掏出钥匙
但不急于进去。

我们不赌，我们就死，不然能怎样

穷人用仅有的一点儿钱
去博弈
数十倍甚至超越更多的
钱，让钱变得不只是
钱
却总是输个精光（鲜有
获胜的传说）
负债累累
变得更穷

回家

得到的是

咒骂、驱逐

离婚

抑郁症

从赌桌走出

到大街上

眼窝如枪管般空洞

我有点儿明白了其中的

涵义

但不完全

我关在屋子里

被困于消沉的情绪中

对生活丧失斗志

厌倦了

勃起

你知道，我们永远无法真正

富有

在当下，当你拖着身躯

忍辱负重

干完每天十三个钟头琐碎

又微薄的工作时

你就会

清楚这点

于是，赌
才是我们一线生机的活儿
谁都不愿囚在
无期的穷困中
除了生来就派发好牌的
猪猡

要么富着活
要么死后穷

掷出骰子
等待着接下来的事

下错赌注

如果你看见
一条没有肉的鱼
在水里游
如果你
看见
一扇无窗的玻璃

划开了

他的手臂

如果

你看见

一具鬼的尸体

被狗

驮在背上

行走

如果

你

看见

一双

拳头

在雨中

挥舞

告诉我

最后

我们将

得到什么？

在去冥王星的路上

没有一种色彩可以

画出这个

早晨

此时此地

明亮和灼热的

天空

像几十万头角马

长途迁徙之后

俯身饮水

又是

一宿没睡

我醒着

把眼睛举过头顶

望向窗外

在可能是崭新的一天里

仍然不知道

自己

该做些什么

不急于结婚

作为别人的丈夫

不忙着要小孩

成为谁的父亲

只想单独多待会

待在灯泡里

和钨丝一起发亮

我看见街边

被锯掉枝干的树旁

一个影子蹲下来

用面包屑喂老鼠

我看见被丢弃的旧家具

从哪里来又

滚回到哪里去

什么是我来到这儿的

头等大事？

即使

我厌倦了平凡

厌倦了虚伪

厌倦了冷漠

厌倦了等待

你还会在那里

看着我

会这样心平气和地

与我坐到天亮

并且在最后

原谅了我

冷月亮

从窗子的一角
瞥一眼过去
这个城市
的灯火
像一艘船骸
在深海
散落
的
金币

半透明的星

我想知道
有多少人和我一样
每到夜里
推开浴室的门
发现有个女人在喷头下
仔细地
擦洗自己
会惊讶得
坐回到桌子前

将这首

诗

写下

我想做我女儿的狗

我会做很多
以前从不做的事
滑稽的事
就像
拳王泰森在海滩
练习举重
一直看着海上的游轮沉没了
也不会
真把杠铃
举过头顶

恐惧

一九五〇年
解放海南岛前夕

姥爷还在文昌

当渔民

有一回

他在海上

三天两夜

一无所获

准备掉头上岸

却在途中

捕捞到一个

像人一样的海怪

浑身黢黑黢黑的

比非洲人还要黑

双眼一直流着泪

姥爷

解开渔网

将他放回大海

到了家

他把事情告诉村民

大家认为这是凶兆

当天就敲锣打鼓

搞仪式

把姥爷

赶离海港

此后

他就在琼山老家耕地务农

小时候

他跟我讲起这件事

他说这世上

不仅有海猪海牛

还有海人

陆地上有的

海里也全都有

一九六六年

姥爷被揪上台

脑袋被十几把锄头敲没了

陷入泥地里

拔不出来

十五年前我

坐船

离岛去大陆

靠在船舷上

盯着翻涌无际的大海

想起了姥爷

一个念头

在我心里盘旋：

海水下面

是不是

也住着一群

永远

担惊受怕的人？

在寺庙

走进大雄宝殿之前

先经过天王殿

天王殿两边

站着四个巨人似的天王像

有一年我去拜佛

所有人都在给

坐在大堂中央的弥勒佛

上香

只有一个

穿着邋遢的小孩

给旁边的天王

不停地

合掌叩拜

我很好奇

他怎么会

喜欢这个面目凶猛的家伙

便走过去问他

他说

这个人的脑袋

长得像他爸头上戴的那顶

矿工帽

烤猪在一条朝南走的狗的心脏里哭

我想和诗人们

一起去日本

（看新宿歌舞伎町

拜访漫画大师鸟山明、池上辽一）

去台湾

（吃小吃

欣赏壁纸一样的清新美少女）

去柬埔寨

（听吴哥窟石板缝里

游魂的呼喊）

我还想今年夏天

去俄罗斯

（艾蒿报名了）

但都只是想想而已

（我是一个没钱的男人）

昨晚

陪女儿

在房间玩

她说爸爸

我们来游泳吧

于是我就趴在床垫和棉被上

模拟着自由泳的姿势

劈波斩浪

身无分文的爸爸

真像一只

无蹼的鸭子

李傻傻

湖南人，原名蒲荔子，1981 年生，现居广州。著有小说
《红 X》，散文集《被当作鬼的人》。

烟

爸爸　二十八岁那年你
在县城买下了
一包什么牌子的烟

爸爸　二十八岁那年你
抽完那包辰河之后
兜里最后一块钱
换了一包什么牌子的烟

爸爸　二十八岁那年你
把最后一块钱的车费买了包什么烟
你咬咬牙齿背着刚刚把我挤出体外
的妈妈
你们在路上吵着架往家里走动

爸爸　三十里山路上你
抽的什么牌子的烟

爸爸　二十八岁那年
是什么牌子的烟
的烟灰落到你一天大的
孩子的额头
爸爸　你说那是什么牌子的烟
还有那产后依然有力气和你吵架的女人
她随手夺下你什么牌子的烟

爸爸　如果你不愿意回答这个问题
请你猜猜我抽的什么牌子的烟

冬天与血液循环

北京时间东八区的时间　凌晨三点
冬天作为一个季节它相当于三个月
去月光下量你凌晨三点的体重
熬夜作为一种生活习惯它不会捅出什么乱子
划破手指肚
血作为一种液体它很轻很轻很轻很轻很那个

火烧赤壁

我梦见有人把烟头扔在著名的草船

甲板滋滋滋地燃烧

一直烧到了我的家乡

资江边上

枫树坳里

我家的草垛插满火箭

牛蹄踏破墙橹

奶奶满头白发红光一闪

灰飞烟灭

一群人手忙脚乱

抬着我的床

朝着火海一路小跑

穿越华容山道

喊着给我举行一场火葬

绊倒在铁索桥

我躺在床上

哇哇大叫　却动弹不了

火的舌头在我身上舔

舔到我座下的马鞍　我的耳背

我醒了

一眼看见床头的中国地图

面目全非

长江两岸湖南湖北

都完蛋了

被子正在冒烟

烟冒得不大　于是我把它扑灭了

对面是平房

向你推荐这块草地

有亭子　有石碑

石碑上有些字写得不错

还有石凳可供两人同坐

或一个身体在夜空下

阳具向着天空躺下

你说对面是平房

一个祖母伸手向着火堆

左手中指骨上一枚

发亮的顶针

一个小孩动在身旁

小孩应当在十岁以下

是啊是啊对面是平房

那我就把这片

灰色的平房变成草地

平房里总是传来

小孩的哭声　猫与狗

到处抢着抓老鼠

抽旱烟的老头确实

有随地吐痰的习惯

三天　三天以后你再来看

不　不　你说你

连这片平房一起买下

你说你

愿意买下一批邻居

梦……

我一个人在操场吃瓜子

晚上我开始咳嗽、耳鸣、头痛

又梦见我和一个人在操场

吃瓜子瓜子瓜子瓜子

我半夜里给妈妈打电话

没头没脑说了一句

妈妈我梦见谁了

剧烈的咳嗽

和轰响的耳鸣使我听不清她说了些什么

我没有梦见妈妈

而是王静舟同学

他睡在四号床上

来自并不遥远的蓝田

有时我吃中饭时会把脚架在他凳子上

而他吐掉的瓜子壳

落在我身体的顶端或者中部

我还欠他一些钱尚未偿还

他一点不爱抽烟　更加不爱和我说话

有时我的烟雾们逼得他在被窝咳嗽

昨夜我就是梦见这个人

我看见他慢慢变成一个女人

然后和我坐在操场上

一个男人和一个女人

在我的梦里安静地吃瓜子

睡

劳累一天

你很充实

睡得很香

一个梦也没做

劳累一月

你很充实

睡得很香

一个梦也没做

劳累一年

你很充实

睡得很香

一个梦也没做

劳累一生

你很充实

睡得很香

一个梦也没做

死的那天

你想了想

你这辈子

什么都做过

过得很充实

你就很香很香地

睡过去了

里所

诗人，画家，译者，图书编辑。1986 年出生于安徽，12 岁时移居新疆喀什并在那里度过中学时代。先后毕业于西安外国语大学和北京师范大学。2006 年开始写诗。出版有诗集《星期三的珍珠船》，译作《爱丽丝漫游奇境》；举办有个人画展"诗人和猫"（北京，2017）、"猫的冥想"（北京、上海，2019）。

火车过宁夏的某个村庄

落日正沉入羊群吃过草的低地
金边的云朵
享受了最后一刻
幸福的光辉

树木渐渐多起来
田间向日葵
花儿小朵
羞答答包起隐秘

夏末黄昏
西北的天空
仿佛靠近了大海
蓝的和黑的部分
都多了几分滴水的温柔

移动
起伏
以植物的方式
把信仰洗上三遍

祖母

晨起走向野外
她哭出绿色的雾
翻动湿滑的泥土
祖母习惯独行
只许一只小猫跟着
她看穿生死
从不需要地图
天没见黑
她就关闭门窗
每个夜晚降临之前

她都要
返回一次童年

奶奶

此刻她已经睡着
喘息均匀
房间里除了钟表的秒针
只剩下不睡的黑猫
走来走去

一年不见面
她又说了很多遍
关于死去
到了我这岁数
就像瓜已熟透
是该落的时候了

当她谈到人的无用
以及生活如何变成
对终点的靠近和等待
我摸着她干瘦的脚腕
无法入睡
一个夜晚就已如此漫长

何况她独自度过的那些

和死亡倾心交谈的时间

火光

四只小狗蜷卧树荫

父亲收养了它们

喂以骨头饭食

父亲出门的时候

它们四个同时跟着

排成整齐的一列

充满温情又略显滑稽

上周五父亲骑摩托摔了一跤

左腿还在跛着

他午餐时间便开始喝酒

很快脸红得像烧热的铁

酒后他语速更慢

张合着厚厚的嘴唇

对必定要聆听的人开始训话

他有条不紊

衰老而又坚定

像极了电影《教父》中的老柯里昂

但父亲从不知道什么阿尔·帕西诺

这些年他一直生活在西部边城

从中巴边境到中哈边境

有时我觉得他离我越来越远

深陷困局时依然对他撒谎

说我很好说我都能搞定

我想就算对于父亲

我也不可示弱

他既然放飞了我

就别想再能收回

谁让他给了我三样东西

易于上火

热爱冒险

沉默

妈妈

在四十二团禽类巴扎

一个维吾尔族老汉正在批发鸽子给她

她看见我马上扔了手里的鸽子

那些肥鸟的翅膀扑棱起地上的毛屑

我开口就说以后再也不会离开她了

也许正是为了提醒她对我的遗弃

鸡叫和车响淹没了她的哭声
分别七年后，我十二岁时
在距离故乡几千公里之外
我才看见她三十六岁的脸

这足以让我过早习惯孤独
有几年我们总是不咸不淡
所有我一头扎进去的
绷紧弓弦溺着水的事
对她我都闭口不谈
而我的错都会成为对她的惩罚
在失眠的晚上她想过自己的人生
她说真遗憾这是挫败的人生

现在喀什依然不怎么下雨
她说如果你们还是小孩
老家门口的槐树春天就会开花
我就怀着希望生活
拼命挣钱，盼你们长大

我记得她说这话的样子
像泄了气的皮球
但有点天真

致伊蕾

你发来一张照片

百合如果干枯到那种色调

就应该出现在你的画布

你确实画下了它们

在另一个独居的晚上

在一些日光斜照的白天

十一月如此甘冽

你端起酒杯的手

瘦而充满力量

有些瞬间我觉得你是在

端起我

我们属于你说起的——人类

像命运重叠的母女

一对幼稚至极的姐妹

你劝我该出门去玩

你说三十岁

正是浪漫可以过头的时候

可我却站在你青春的火中

有时沉在灰尘里

有时在余烬里看着灰尘

合欢

树荫跟着太阳

不停移动

我和妈妈换了三个地方

终于还是坐到了

姥姥晕倒再也没能醒来的

那条长椅上

那是在小广场北侧

两棵合欢树中间

妈妈简单向我描述了

初春的那个下午

她几点到的

医生是蹲在哪个位置进行抢救的

接着我们聊了更多她的生活

和我的生活

广场上飞跑的小孩

像一条条泥鳅

滑进日光的海中

妈妈说到如果等我

有了孩子

我朝她旁边坐了坐

我们左边因此有了更多位置

就像姥姥和我的孩子

都坐在了那里

刘文杰

1988 年生于甘肃甘谷，现居重庆。

华岩寺

念经的不一定
是和尚，也并非只是那些
虔诚的信徒

也有可能是
寺院的菩提树
菩提树上的白鹭
白鹭眼中鱼
鱼身后的石头
石头边的荷花
荷花上的露珠
露珠里的蜻蜓

还有脱壳的蝉
闭目的蛙

刘德稳

生于 1983 年，云南会泽人，现居云南镇雄。

出租

十几个电子花圈

将在房前摆放几日

电子屏上

滚动播放

死者生前的信息

那张笑脸

默不作声

看着前来为自己

送行的亲朋好友

等丧事结束

又被下一家租去

听说

秋冬两季

是电子花圈市场

租赁最紧张的时候

几家人就相约合租设备
他们把电子屏上的信息
全都清零
又重新输入
新的简介和照片

诗意之一种

雨水在生病的大地上针灸

疑问

在五楼重症监护室
住了二十天
每天花费九千多
这几天
病情稳定了
才回到二楼三病区
继续观察治疗
为治孩子的病
我花光半生的积蓄

如果孩子再不好的话

我真的活不下去了

坐在我身边的中年男人说完

把烟头掐灭在花盆里

起身左拐

去开水房打水

他回来的时候问我

医院外墙的空调机上

白色的冰雪

是从哪里来的

与弟弟种重楼的那个下午

平整土地后

弟弟撒上

重楼种子

再盖上一层腐殖土

我说

盖厚一点

厚了就压着它了

我说要把水浇透

弟弟说

这地是浇不透的

只有

春雨快点来才行

我说把遮阴网

盖严实点

弟弟制止我

南边要留一个口子

有风吹的地方

大地

才是活的

刘东灵

1981 年生于重庆梁平，1999 年开始诗文写作，在国内各大报刊发表诗文数百篇首，入选过一些选本。

冻僵的橘子

昨天室外温度零下七度
晚上我在超市买了几个橘子
在家吃的时候，它是冰冷的
早上吃的时候，它是冰冷的
带到办公室吃，它还是冰冷的
橘子，橘子
你是怎么了
橘子，橘子
该怎么暖和你

我的山洞时刻

我的山洞时刻
是临睡前半小时
那时万籁俱寂
阅读也意兴阑珊
把台灯转向到墙壁
仿佛很多影子走过
我没有问要去哪儿
悄悄地跟上它们
把脚步放得很轻

关于如何做一个男子汉

关于怎样过好这个冬天
我还没有好的建议
只记得小时候和父亲去雪地拔萝卜
我需要两只手，他只需要一只
沙土地适宜种"春不老"
个大的甚至能装满我的小背篓
我记得父亲会生吃一个
我有样学样
先是辣得我说不出话

然后是一种清甜让舌尖很享受

那些年，每年冬天父亲都带我去拔几次萝卜

不管寒冷，不管泥泞，不管背篓重不重

关于如何做一个男子汉

父亲并没教我太多

我只记得雪地真漂亮

眼神好，甚至能看到一两只奔跑的兔子

东山短歌：藏

冬天来了

我知道东山玩起了收藏

枞树菌、板栗、松子它藏起来了

日光、石佛、竹笋也藏了不少

还好炊烟、犬吠、鸡鸣它仍然慷慨地

赐予山里的人们

至于清泉，白日既冷，石阶凄清

荒烟蔓草中

它们如此充盈

总唱着寂寞的歌

不知道有没有经过东山的允许

山乡记事

给水塘里的鱼割草

给鸭子、兔子、鸡喂吃的

同时要把围栏放置好

以免它们逃跑

连续下了几天雨

过一段时间看一下屋后的檐沟

如果不及时疏通

山洪随时威胁着我们的两层小楼

而在外半年的我回来了

妈妈还要给我做吃的

比如去附近的山林挖来新鲜的笋

冰箱里有前不久采的枞树菌

她很高兴今天有我的好友

自城里跋山涉水来看她

从昨天开始就在规划吃什么

她很欣怡于自己种了那么多蔬菜

海椒、红苕尖、白菜、香菜、萝卜秧、雪皮菜、青菜、洋芋、
南瓜……

这些山家清供想必会让小朋友们也喜欢吧

大清早我看到妈妈拿着渔网在水塘边踌躇

隔一会儿又问我朋友们出发没有

如果不是道路太泥泞

她的女儿会带外孙女来看望她

但妈妈已经做好计划
今晚和我进城
明天去妹妹家

梁余晶

诗人，文学翻译。1982 年生于湖南常德，暂居新西兰。曾在美国出版《零距离：中国新诗选》。

潮湿的市场

黄昏的微光里，菜市场呈现出
某种模糊的色彩：一串泛黄的灯泡
一条苍白的水泥小路
一道阴沟，黑如中国人的眼睛

各种年纪的妇女穿着鱼鳞
在水一样的空气里
从一个摊位游到另一个
她们的鳍在白菜堆里拨来拨去

一个打赤膊的男人在路边
手法熟练地剖鳝鱼
一条条鳝鱼被钉在长凳上
然后挑出脊椎骨

血，沿着木质纹理向下渗透
旁边站着个男孩，兴致勃勃地
盯着这魔术般的表演
直到他的眼睛变红，血一般的红

路雅婷

诗人，生于 1983 年，现居北京。

信

头一次给你写信

乞谅并祝好

祝你安好

祝你阖宅安好

希望你这一向好

希望你这一向一切都好

祝你一年诸事顺遂

祝新禧

祝你明年百事如意

祝你近好

祝你路上好

匆匆祝你近好

匆匆祝你路上好

匆匆祝你这一向一切都好

你近来想必健康

祝你一切顺手

祝秋祺

祝俪安

祝你太太好

木桦

1980 年生。诗人，编剧，导演。现居北京。

岁月的遗照

邻床的顾姐被诊断为

三阳型乳腺癌，晚期

几天后将被切去乳房

在妻子面前

顾姐脱掉上衣和胸罩

请妻子用手机给她的胸部

拍照留念

四十五岁的顾姐

胸部依然　坚挺饱满

闪光灯一闪

妻子惊讶地发现

顾姐眼含热泪

两粒绛紫色的乳头

加速胀大

突然一下就

硬了起来

我是她的坟

妻子化疗时
老是胡思乱想
最纠结的问题莫过于
死后埋在哪儿
埋我老家，她觉得
孤单，毕竟我还要继续北漂
暂时不可能回去陪她
埋她老家，又不大可能
嫁出去的姑娘，泼出去的骨灰
在她父母那边，风俗比天大
妻子转过身，低声哭泣
留给我一个光滑的脊背
她说死后连个安身之所都没有
我从背后紧紧抱着她，说
你死之后
我会把你的骨灰盒
随身携带
走到哪儿就带到哪儿
妻子转过身，直勾勾地看着我
我知道，在她眼里
我已经变成了一座满脸络腮胡
后蹄儿直立
且能自己移动的坟

药瓶

儿子六岁
到了识文断字的年龄
他总是翻出妻子的药瓶
研究标签上的药名
妻子怕儿子知道她生了病，就把
标签扯下来
再贴上白色医用胶布，为方便辨认
她用黑笔在四个药瓶上分别标下：
1、2、3、4
几天之后，妻子发现
每个药瓶的胶布上都多出了一个
歪歪扭扭的字：
1 糖、2 糖、3 糖、4 糖

最后一次旅行

妻子日渐憔悴
请二舅来把脉
却摸不到一点儿脉象
只好给她吃中药，补气血
她跟我说，她还有一个心愿

她想去诗人舒婷曾经踩过的沙滩上走一走

我透支信用卡，取了

五千块钱，带着她和儿子

坐最慢的绿皮火车

去厦门

我们在海边踩沙子，吹海风

我们都明白

这有可能是我们家的最后一次旅行

我们在儿子面前假装笑

我们对视良久，又笑着良久地对视

我们在沙滩上印下我们脚丫子的全家福

我们拍摄各种跳起来的空中照片

那一刻我很愧疚，很温暖，又很悲伤

想起去年，妻子乳癌肺转后的

一天夜里，我去良乡找许鹤鹿买醉

喝多以后我睡在街边的草甸里

醒来时，天还没亮

耳边传来细碎的风声

天气预报里说，那风来自

昨天的太平洋

中秋节

几个和尚

带领一支施工队

登上月球

他们计划在月亮表面

凿出几排

戒点香疤

莫渡

1983 年生于甘肃天水。诗作入选《新世纪诗典》《葵》《诗刊》《星星》等刊物，有诗集《舌头之歌》。

夜雨经

狗终于将铁链数成了佛珠

不会行走的雪人

我照着心目中
人的样子
堆出两个很丑的雪人
孩子们各自认领一个
这样一来
两块雪疙瘩
就变成了一对合法夫妻
膝下有子

母亲坐在窗前

就要做好一双新鞋了

而在她眼里

这两块雪疙瘩

是一双儿女

可我忘记给雪人捏出四肢

所以他们无法紧握双手

无法在院子里肆意奔跑

所以他们只能静静地站着

冬天的阳光

切削他们的面容

他们橘子皮做的眼睛

含着温暖的光亮

遗照

父母相继离开后

他们从侧房搬进堂屋

父母住过的屋子

墙上挂着父母的遗照

左边的父亲

面孔消瘦，表情严肃

母亲在右边

依然慈祥

一天夜里

妻子对他说

将爸妈的照片收起来吧

怪吓人的

再说，他们这样看着

多不好意思

想起一位不知名的长工

他一年四季都待在塬上

负责抓地鼠

他的小桶里装着

拌了鼠药的五谷杂粮

他跪在果园

给地鼠投毒的时候

多像个信徒在朝圣路上

磕着十万长头

乡村的月光

多少个夜晚
我忍受着
这强酸的侵蚀
并试图找到
被侵蚀的
其他同类
只有后半夜的狗叫声
是月光
无法消化的

被击中的瞬间

最后一车苹果也卖出去了
回来的路上
我加大油门
在一段慢坡弯道
柴油机
哒、哒、哒的声响中
我扯开嗓门
啊
了一声

群山肃穆

我出卖的苹果

大概正被运入太平间一样的冷库

如果还能活着相遇

别说

认识我

雪地

我可能来晚了

在一片雪地前

我这样想时

雪地上已有一行脚印

我要经过那里

但又不愿

让留在雪地上的足印

显得零乱

最终，我只好

踩着雪地里

已有的足印

前行

马金山

1981 年 6 月 26 日生于河南南阳。作品入选多种诗歌选本。部分作品被翻译为英、德、韩、印尼等多种语言。出版诗集《吸引》《此一歌》《答谢词》等。

吸引

阳光照在雪山上
阳光照在青草上
阳光照在羊群上
阳光照在河流上
阳光照在磁铁上
它们将我深深地吸引

两个小孔

爷爷的骨灰盒上
有两个小孔

一个是用来开锁的
另一个
据说
只有他自己知道

在墓园

大妈
一边烧纸
一边嘟嘟囔囔

儿呀
收到了这些钱
可千万别再去赌了啊

生计

天蒙蒙亮
包子店的老板
把包子坐上锅
就打着手电筒

去山上的庙里
换零钱去了

黄昏

在河南的母亲
给在深圳的妻子打电话
问我在辽宁过得好不好

生活

结婚第二天
忘记了因为什么事
我们争吵了起来
一气之下带着结婚证
坐上了去往县民政局的汽车
走到半道
车坏了
等到师傅修好车
天色已晚
我们又坐上了返回的汽车

就这样

我们一直过到今天

诗人之夜

我们在谈论诗的时候
房间的门敞开着

当我们聊到政治
不知道是谁

把声音压低了
轻轻地把门关上了

在这个世界上出现后的第二年

在计生办的人到来之前
我被母亲匆忙
塞进了空荡的面缸里
父亲把姐姐的衣服套在了我的身上
肥大的衣角

暴露了我的踪迹
紧接着又来了几个人
把我家仅有的两袋小麦搬走了
也就是从那一天
我断了奶

人民

傍晚
我经过大芬警务室
门口时
又看见了这位
平常
胸前一直
挂着一个
二维码牌子
拉
《二月映泉》
的
瞎子老头
这一次
我惊讶地发现
他拉的是
《不白活一回》

狗粮

星期天
去拜访王局
我在他家楼下商店
买了两袋狗粮
在他家
我从提来的袋子里掏出来
局长很意外
连忙说兄弟你
有心了

纪实

上午
下属老刘眼泪汪汪地找到我
说端午节要申请回去一趟
怕我不批准
专诚拿出来跟他老婆聊天的语音
放给我听
话筒里传出来一个女人幽怨的声音
"我需要的不是衣服"

欧阳福荣

1980 年 12 月生，江西兴国人。诗歌作品入选《青年诗歌年鉴》等多个诗歌汇本，参与编选文学杂志《狼域》。

也相信未来

小时候。太阳偏爱东方叙述传奇
父亲说，认真读书将有出息
月亮打算用一次奉献一生
早稻禾花还未开
黄昏步入轶事

小时候。包谷偏爱相思玉米
母亲说，高粱发不发芽都是粟子
番薯开始登入大雅堂
鸡鸭鱼肉不可以上台面
计划之外，十四年没有分田到户
计划之内，十四年冒充台湾子弟

小时候。哥哥偏爱打弟弟

小时候。姐姐偏爱骂妹妹

小时候。上春总是偶遇三荒五月

小时候。下春仍旧青黄不接

小时候。菩提圣果花在夜里开

小时候。五谷不分稻麦

小时候。到秋天偏爱眠梦春枝

梦里总为人师

梦里总开着飞机翱翔

醒来时是冬季

门前，霜雪一地

风吹过流塘路口

此刻我想说一些心里话

可我不想告诉我身边任何人

他们大都认为岁月空虚，大地也只是淤滞和污浊

昨夜的疯狂的裸体的暗，半抱着海洋和大地

我将自己委托给刚染上淡蓝的皎月的光辉

我的言语涉及已知的比较少

只涉及农夫的大笑和夜晚的被掩映的工人的恋爱的机密

现在我想起来了

我重温我以前并不知道自己有过的激情太久

那就让时间下沉，让空间上升

让我们工作的十四个钟声跟着风远行

风从流塘路口吹过，正好有阳光。

亲爱的渔村人，亲爱的农民工，亲爱的宝城七十六区

亲爱的我自己——不够亲爱。太忧伤。

亲爱的人间。这个不宜用比喻。

九炉香

关于父亲，他总是站在门前观鱼塘

水里一个倒影，岸上一个背影

都忘了他的生日

只记得他说过一句从来不经典的话：

"各人的牛尾巴，遮各人的牛屁股。"

关于母亲，我不能告诉你

肚子饿的时候，你会知道，她一直与你同在

关于兄弟姊妹，我应该告诉你

哥哥，他们在会城或者平望，后来去了布吉或者西乡

弟弟，他在鼎龙，后来去了龙华

姐姐，她在长涂或者望春，后来去了武功山

妹妹，她们在福永或者平田，后来去了杨村坊

我，想去北京看北大，

但是，始终没有渡过长江

关于爱情，似乎可以占据一些东西

包括星星、月亮和玫瑰花，以及女人的影子

人生难得，有几回事伤心

山形相错，水倒流

你想的你都想了

你做的你也都做了

我站在花桥，看蓝天——碧晴天

偶尔有个霹雳

在阳光下慢慢腾腾地枯黄

关于屁话，它如春雨，已说得太多

要说的，像夏季的风，不多

至于想说的，就是广东的一场雪，不好搜罗

切藏麻多杰才让

本名多杰才让，藏族，1989 年 3 月出生于青海。曾担任
《新中国六十周年文学大系：诗歌卷》汉藏翻译项目组负
责人。

遗梦

过了很久很久

我坐在悬崖上　我找不到你了

你总像个孩子　Z

带我走吧　挥挥手

这就是告别　不能哭

你回来吧　没用

灯被路人捡走了　我找不到你了

Z　路的另一半

比命运还短

你　站在中间

我们就长大了

宋壮壮

1988 年出生，北京中医药大学针灸推拿专业毕业。和七个写诗的出过一本《八宅一生》，诗作《自然》被收入《向仓央嘉措致敬——当代诗人笔下的仓央嘉措》一书。

荠菜饺子

春江水暖鸭先知
那是在水里
我觉得陆地上最先
得到春来了消息的
是挖野菜的大妈
她们动作利索
铲掉春天的乳牙

安检机

坐地铁
我的包安检过
很多很多次
包里偶尔有瓶水
我会提前拿出来
包里要是有张诗稿
那没事儿
它又读不懂

自然

坐地铁
看见漂亮女子
我想如果是
仓央嘉措
会怎么形容

灰蒙蒙的城市
月亮一样的姑娘
我……

我知道

我不能写得

像他那么干净

果树

手臂伸着

另一手摁肘窝

往医院上班的路上

常碰见刚抽罢血的人

也能遇见

各样的老年

我最难忘的老年人

是护国寺医院

上临床课见到的

轮椅上的老太太

夹烟卷晒太阳

北方生命老果树

每天吸多少根烟

可能写进病历

可她和一支烟的样子

像紧咬且不说话的世间

在阳光下松口遗漏的

清晨老车

一辆老车

偶尔咳嗽

跑起来还可以

在早晨

阳光初升

去树下

停一大排高树下

少人行迹

从副驾座上

带来的十本书里

挑着看

做做笔记

等到近中午

就去繁忙的街道吃饭

下午老车休息

傍晚，公园桥下吹萨克斯者

因为一点错音

我才知道是人在吹

起初我以为是喇叭在放音乐

我还想挑音乐的人挺不错

现在知道了

是吹的那人不错

过年

大年初二傍晚

临时起意

独自一人

连夜开车返回

老家

到姨妈家门口时

已是凌晨四点

提前没有告知

硬着头皮

给表弟打电话

叫醒他后

起来开门

他揉着眼睛

脸上有过年的

兴奋劲

他让我先去睡会儿

睡他的床

他去跟他弟挤一挤
我进房间脱衣
疲惫地上床
他的被窝
是热的

佛国

老挝男的
至少出家一次
我们的导游红利
说他小时候
出家过六个月
早晨天蒙蒙亮
他和众僧人赤脚排队来
接受布施
在布施的民众中
有时会碰到自己家人
他仍是按照规矩
不说话
只是会笑一下

等着看神情

走在四川青莲
树木茂盛的景区
绕过小山丘后
遇到一片长满荷叶的池塘
S 告诉我
咱在这儿等着 L
你观察他的神情
L 来自沙漠地区
当他第一眼看到这么多水和荷叶时
眼神会流露欣喜

我俩就在那儿站住
一脸坏笑地
等着朋友 L
观察他看见池塘时的神情

鞋子

裹小脚的奶奶
看到我穿我妈的拖鞋
在院子里急走

就训我说

不要穿女人的鞋子

对男人不好

以后会有人

给你穿小鞋

我那时年纪还小

因为尿急随便穿了一双拖鞋

没想到就碰到了

严肃的问题

位置

坐火车

夜风吹来

有些冷

我把窗户关上

坐对面的小伙

说别关上呀

开开才不闷

他处在背风位置

我说咱俩换一下

他同意了

我坐背风处

感到温暖

他吹着夜风

过一会儿

不吭声

把窗户拉下来

关上之后

还真是

有一点闷

穿西装的年轻人

站在拥挤地铁车厢

脸色发白

显得疲惫不堪

摘下他佩戴的耳机

会听到噪音音乐

离租住的房屋

还有半小时路程

幸好明天不用上班

他打算睡醒了去跑跑步

希望空气不是太差

既然租不起

离单位近的房子

既然不能轻松

完成工作

就从自身解决

把身体练好一点

大雨之后

新乡高铁站

一个黑车司机

拿条毛巾

在路边翠绿矮柏树丛上

蹭了又蹭

稍微拧了拧

擦车玻璃

我立即决定

不坐公交了

打他的车

看一下

雨后的城市

释三郎

原名王启亮，1983 年出生于江西鄱阳，2004 年毕业于江西师范大学文学院，现居厦门，商业综合体运营策划。

母亲的凉茶

收稻回来
母亲用搪瓷大杯从搪瓷盆里
舀大半杯凉茶
仰着脖子
大口直灌
嘴角溢出的凉茶
跟汗珠混在一起
渗入，我曾经的领地
印出红点

家里人不愿提起的事

奶奶去世的原因

在我们村落下话柄

一个初秋的夜晚

奶奶点上一根烟

便和她的老屋一起焚身飞天了

漫天的烈光

吓得全村人纷纷赶来给奶奶送行

包括

四脚着地的儿孙们

一个年代的偷食技能

偷喝生鸡蛋

需要娴熟的技巧

先用筷子捅破一个洞

舌头舔过去封住口

再倒立过来

嘴巴用力一吸

一分钟之内完成吞噬

在母鸡咯咯地叫

从鸡窝出来之后，母亲未发现之前

弹弓靶场

弹弓在瞄准麻雀之前
我突然想起它的练习靶场
比如老师的后脑勺
对面教室的玻璃窗
还有前方十米，她的背包

苏不归

1982 年 11 月生于重庆，诗人，译者。曾留学英国，现居
上海。

只有手机还在跳动

元旦清晨
睁开眼
便传来新闻
三十五人殒命于外滩
守望新年倒计时的人潮中

我震惊
连忙推醒身边人
告诉她这一噩耗
而令我真正悲伤的
是后面一则现场记录：

急诊大厅躺了一片人
有老有小

唯一相同之处是都没呼吸了
好多死者口袋里的手机还在震动
打开来全是亲友的
新年祝福信息

莱斯特广场

我在这里
烘焙出
卖相最好的
比利时格子饼
放到橱柜前
接着去邻近的赌场
兑了些零钱来
补给顾客
我在这里的夜晚
看见酒厅外
脱得只剩性感的
腿们
想起中午花几镑钱
买到口中的
土耳其烤肉
从这里过街

一间地下室

有几百年前的藏书

封面像枯叶

我翻到莎士比亚的诗句

耳边回响起老板的话

"前几天隔壁车库里的车

被放了炸弹……

你们把监护人的名字

写下来

要是你们死了……"

我翻了一页

想要一种被震慑的感觉

结果不出意外

是另一首诗

接机时

接机牌上的人名

用英语书写

用汉语书写

用阿拉伯语书写

它们在国际航班到达处倚着栏杆

空出中间的过道

簇拥着相对成列

一些名字被笑容或拥抱带走

那些还没来得及被领走的名字

在彼此长久的伫望后

变得熟悉

有的甚至面朝同一方向

并排站到一起

攀谈了起来

庞贝歌声

一个黑人

站在圆形小剧场中央

用意大利古语

清唱

歌声环绕石阶

游客驻足聆听

有几人

闭上了眼睛

歌唱者的家人们

并排坐在石阶上

用摄像机

记录这一刻
歌声越来越悠扬
更多的人静静围拢
远处的维苏威火山
也成了沉默的听众

这一座
仅剩下骨骼的城市
内脏被熔岩吞噬
火海曾席卷至蓝色的海
歌声
绕着重新出土的遗迹
再次响起

歌唱者双手握于胸前
重复着高潮的段落
听众纷纷垂下头
或凝视天边
神情如同受洗

废墟不再有钟声车马声
只有歌谣
不愿沉睡
它来自一名黑人游客
他获得了响彻剧场的掌声

表情帝

向别人发出龇牙的表情时
实际上面无表情心不跳

发出害羞的表情时
实际上在窃喜

发出阴笑的表情时
实际上在憨笑

每天弹指一挥间
派发出去的无数个表情

他记得的表情极少
就像他发给别人的一样

没有一个表情符合事实
他频繁使用的表情也被别人对他频繁使用

此刻他面无表情右手点出抠鼻屎表情
左手举起一杯咖啡

方舟碎片

据说

方舟碎片

就藏在

埃奇米亚津大教堂

的附属博物馆中

我没有去寻找

而是站在

这座具有一千七百多年历史

世界最古老的

基督教主教堂前

我看见亚美尼亚

祖孙三代

男女共五人

谈笑着向我走来

貌似爷爷的白发长者

怀抱着幼儿

春风满面

没人能动摇

他们此刻的幸福

这就是我要寻找的

方舟碎片

弥撒

圣歌合唱时
我听到悦耳
而响亮的歌声
来自第一排
轮椅上那个
半耷拉着脑袋的
小男孩
我轻声问
带我来参加弥撒的
信徒涂老师
"为什么只有
这男孩的面前
没有歌本？"
答曰
"他是天使"

望穿

冬雨中
翠屏湖上坐游船
掌舵的老人

来自本地古田县

他告诉我

一九五八年

因修水库

整个县城被水淹没……

他望了一眼湖面

接着又说

小时候

做梦也没想到

有一天

我会在天上开船

生

在燕子山

参观完

亚美尼亚种族灭绝纪念馆

正欲下山

迎来一对新婚夫妇

着婚纱婚服

笑容闪亮地

走向永恒之火

吾桐紫

1983 年生，福建宁德人。诗作入选《新世纪诗典》《当代诗经》《中国口语诗选》《中国口语诗年鉴》《妈妈们的诗》等。

礼物

在北京市公安局

拜访侯马老师

临走时

侯马老师要送若昕礼物

让若昕挑选

他书柜里的书

结果很多书

家里都有

侯马老师为难了

最后从书柜里

拿出一个袋子

他告诉我们

袋子里

是俄罗斯警察局局长

送的警徽

我把带回来的警徽

悬挂在家里

从那以后

每晚睡觉

即使门没反锁

我也觉得很安心

无题

往山上走

一老一少

开着奔驰

一个和尚

一个道士

往山上走

一老一新

两座建筑

一座寺院
一座道观

双子

1989 年儿童节前夕生于北京，留守至今。写诗，作品见
《新世纪诗典》及其他。

每个小区里都有几个尖叫的孩子

撩开窗帘

朝下望去

你总会在小区一角

发现他们的游戏

总是这样

即便你不去看他们

即便你紧闭窗户

把自己活埋在沙发里

在一本遥远的阿根廷小说里

他们仍会继续尖叫

小孩子的声音很尖

尖得足够到达阿根廷

他们的尖叫有时

遥远而神秘

像布宜诺斯艾利斯的女人
可只要他们想
就会随时把你从一个叫玛利亚劳拉
或者随便什么的女孩的
房间里揪出来
拎到他们的游戏中去

隔岸观火

顺着赵导的手指
车上的人仿佛真的望见了
那个叫激流岛的地方
岛上
一个男人正用劈柴的斧头
劈开他的妻子
"黑夜给了我黑色的眼睛
我却用它寻找光明"
在全车人将那个男人
定义为疯子后
赵导朗诵了
这个疯子的代表作

角色

往前走了几步

才发现父亲没跟上来

转过头

他已站在

路旁的绿化带里

我听见拉链

被解开的声音

接着是硬邦邦的土

被砸响的声音

就不能憋一会儿

回家解决吗

要是我

起码会躲到

那棵树的后面

真没辙

我四下打量一番

朝父亲挪了过去

顶替了

那棵树的角色

神

晚上十点

滴滴打车

刚一坐下

司机扭脸问我

您这是回家

我说是啊

他说像您这样

十二点之前回家的

都是正常人

我听完一乐

他接着说

还有三点以后的

也都正常

我说中间那段呢

那都是神

他斩钉截铁

我成天碰见的

净他妈是神

我猜他的意思

是神经病

但他一直说神

神怎么吐他一车

神怎么不认家门

神怎么指着鼻子

骂他的同事

然后被拉到郊区

扔进河里的事

一直说到了

我下车

守香人

深夜，狭小的陪停室里

就只剩下了我和香炉

忙活了一天的长辈们都去休息了

留下的告诫只有一条：

在奶奶入土之前

香炉里的香不能断

最初，我还会去看表

然而很快，我的时间

就彻底变成了一支支芭兰香的时间

为了驱赶睡意

我看书看了七支香

在手机里写诗写了三支香

夜宵吃了一支香

上厕所加起来有半支香

剩下发呆的时间
大概用了十支香
犯烟瘾的时间无法计算
打哈欠的时间无法计算
以及那些
点香的时间
更加难以计算
有那么几次，我盯着突然断掉
瞬即跌入香炉的香灰
才忽然想起奶奶生前的模样
也许这一夜
奶奶比我少的只是那些
点香的时间

雨中的母亲

我们以为她走累了
回过头才发现
她正用下巴和肩膀
夹着伞柄
用腾出的那只手
帮着另一只手
扶手机

"你们走你们的"

她说

"我就想拍一张

你俩的背影"

王小川

80后，贵州遵义人。

下葬

像抱着襁褓

她抱着骨灰盒

交给帮忙下葬的人

奶奶喊七岁的孙子：

"乖，来给你爸爸磕头

一会儿就看不到你爸爸了"

男孩笑着跑开

去折新长出来的树枝

玩具

一堆玩具

在打仗

拿刀的

拿枪的

拿伐木工具的

有飞机

有坦克

有警车

他们双方的总指挥

是一名八旬老人

苇欢

生于 1983 年 1 月，诗人，文学翻译，著有双语诗集《刺》
（2017），译作《灵魂访客：狄金森诗歌精选集》（2018），
《爱人：世界情诗一百首新译》（2019）。现居珠海。

遭遇

去年在墨尔本访学
一位澳洲人携夫人
盛情款待了我
他是一位博士
兼任某期刊主编
驱车前往饭店的路上
我告诉他
给外刊投稿屡次遭拒的经历
让我一度怀疑
自己的笔
"不，不，不
亲爱的，"
他一边开车

一边扭头对我说
"你的东西没问题
有问题的是他们
我女儿是个大提琴手
在这么大一个国家
投曲子
他们也看不上
她和你一样
满世界投稿"

大师

看一本有关泰戈尔的书
说他三十至五十岁
这二十年间
饱受折磨
他的妻子
二女儿
父亲
和心爱的小儿子
相继离世
我却没在他的诗里
读到半点
天灾人祸的痕迹

庆生

在海底捞火锅店
给闺蜜四岁的女儿庆生
饭店是出了名地服务好
不仅给小寿星送礼物
还专为她安排了
一场变脸
喧闹的川剧声中
穿得乌漆墨黑的演员
踱着步来到我们这桌
快速挥动胳膊
一张红花脸
落下来
直接给孩子吓哭了

吃

一位澳洲
女诗人
现场朗诵时
表演吃纸
听众都认为

这样

是很先锋的

她说这算什么

在澳洲时

她还曾吃下

一小块澳洲国旗

这样算来

人类祖先

更先锋

直接

人吃人

现象

我把自己的

口语诗

译成英文

投向海外

屡次遭拒

我把以前在海外

成功发表的英文诗

回译成中文

首首都是

抒情体新诗

伍小影

原名伍影。1984 年生。写诗。居杭州。

银针的光泽

一张白纸上的
一些字
你最后拿笔画掉
默默涂黑
那上升的
簌簌作响的声音
不是一株树被晚风吹着
而确实是寂静
遍布银针

看火车的人那时竟忘了火车这回事

前面是树林

树林前面

就是铁轨

两条铁轨

之前没有火车经过

之后不知道

会不会有

空气在下午五点

被一只鸟

擦过

只轻轻地

那么一动

暮色已遍及

王林燕

祖籍巴蜀，生长于新疆。双重人格表现在：诗内奔放自由，诗外腼腆娴静。

虚构与真实

儿子扑进我怀里
树袋熊一样挂在我身上
"妈妈，将来你会当什么？"
"嗯……著名诗人？"
"错！你会当一个奶奶！"

奶奶的名字

奶奶找来纸和笔
让我教她写自己的名字
"阎王问我叫啥子
我写不起啷个办"

我一笔一画地教

她一笔一画地学

临终前

奶奶基本不怕阎王的问话了

宋和平这个名字

从那时候起

深深刻进我脑海

那也是我第一次知道

奶奶的尊姓大名

妈妈发现一个大市场

雨后的米东南路潮湿而清凉

妈妈走在我右边

矮我半个头

我没有挽妈妈的手

像亲密的母女那样

我们聊天

聊爸爸的坏脾气

聊外公外婆相杀相携的一辈子

聊我的风湿病

聊到我七岁的儿子

妈妈笑了 "他已经知道爱美了"

我们走过三个红绿灯路口
到达妈妈口中的大市场
我们路过鸡鸭鱼肉摊
蔬菜水果摊
粮油酱醋店
样样十元店
干果特产店
在鞋袜摊买了双儿童凉鞋
在栗子糕点店排了半天队
被告知没有甜糕只有咸糕
市场已逛到尽头
三轮车上的荔枝有十五元的
有不挑不拣十元的
我们买了一公斤十元的
我们手提荔枝和凉鞋
原路折返

中年妇女

她坐在塑料小板凳上
守着一处杂货摊
她叉开双腿坐在那里
宽大的背

浑圆的臂膀

腹部堆成几座小山丘

她低头专心绣十字绣

绣好的部分是五个字

"老公我爱你"

排队领礼品的老人走过去了

匆匆赶路的小学生走过去了

下楼买早餐的年轻人走过去了

推垃圾车的清洁工走过去了

她低头专心绣十字绣

那随便的坐姿真好看

人们纷纷瞥见了底裤的颜色

母子关系

儿子把头埋进我怀里

嘴巴轻轻拱着我的乳房

"你是要吃奶吗？"

看我就要撩起衣服

他笑着连忙跑开

拌嘴时妈妈说

"自我嫁给你
从没给我买过一根线"

后来，爸爸到县城
给妈妈买了件米色西装

妈妈的话变成
"自我嫁给你
除了那件米色西装
从没得到你一根线"

芬姨

四十多岁的芬姨
死于全身溃烂
妈妈不断自责
自己不痛不痒地劝
并不曾用心帮过她
她对妈妈说
"女儿读了大学结了婚
我也就安心了

等几年我回老家

开个小店过日子"

这一天还没等到

她就去了

去之前

老公陪过几天

儿子看过一回

跟她好过的男人们

提心吊胆

偷偷去医院做了检查

吁一口气继续过日子

懒媳妇

天山北麓西部的阔克铁热克乡

有个年轻媳妇

每逢秋天庄稼成熟

她就拖着自己的男人去离婚

一年

两年

三年

年年如此

法院工作人员个个认得她

第七年秋收之际
不知哪里出了差错
法院竟把离婚妥妥给办了
她顿时傻了眼
法官把她拉到一边
"你看，离婚已是事实
你呢，也别声张
回去跟他好好过日子吧"

从此，她再也不闹离婚
跟着男人
乖乖到地里收庄稼去了

罂粟啊向日葵

牧人骑着马
走在山崖上
看见山下向日葵地里
套种了一片罂粟花
黄金海洋里
跃动着红彤彤的火
他被眼前景象惊呆了
大张着嘴

找不到词语来形容

于是策马扬鞭

到乡政府去举报

襄晨

本名王双锋，1980 年出生于湖北枣阳，现居武汉。作品入选《新世纪诗典》《中国口语诗选》《1991 年以来的中国诗歌》等选集，出版诗集《清晨经过黄昏集》。

一本好书

父亲买烟回来

手里拿着一本《小李飞刀》

递给我

我问干什么

他说

多读些书

好不容易

才从商店老板那里

借来的

清晨经过黄昏集

清晨有大雾

高速公路被迫封闭

我沿 318 国道而行

经过黄昏集

在一个早餐摊前

停下来吃早餐

两个男人对面而坐

就着两碗肉丝面

喝酒

他们面带微醺

清晨即醉

将一个清晨

变成了黄昏

六倍的痛苦

在医院门诊大楼

办理住院手续

排队时

插我前面那小子

预交了三万块

住院准备金

我原谅他

他有我六倍的痛苦

熊猫

从京港澳高速

转福银高速的间隙

我看到一只熊猫

坐在一个娱乐明星身旁

啃一支竹子

这是早晨

秋日的阳光照在上面

四周光亮无比

我的精神也为之一振

想到这样的好天气

适合干吗

随后角度转换

熊猫躲到他后面了

错过让我惊心动魄

早晨

我站在阳台上

望风景

不远处的

挖掘机

正将一棵香樟树

放倒

准备拆掉

路边

两栋二层小楼

保洁阿姨

手指前方说

我们家

马上也拆了

忙活一会

我出门

经过那里

看到它们

已成废墟

吓了我一跳

王芳

女，1982年3月出生，个体户，自由职业，现居河南济源。

花皮筋儿

我童年时
寄养在舅舅家
一次姥姥给我扎小辫儿
我递给她
一根花皮筋儿
她问我哪里来的
我说拾的
后来姥姥捋起我的袖子
发现胳膊上还有几根
她拿起桌上的鸡毛掸子
抽我的小手
最后我哭着保证
再也不拿舅妈的了
姥姥满眼掉泪

把我搂在怀里
"以后要啥
姥姥攒钱给你买"
其实我知道姥姥手里
没有一分钱

命运的拐弯处

村边河滩的一块大石头上
辍学的我曾经
坐了整整一个下午
幽幽的水潭里
同村玩伴杨红霞的怪笑
随着水声一点也不感到害怕
天擦黑
我一气儿跑到了姥姥家
姥姥问我怎么回事
是不是爸爸妈妈又欺负我了
我没说实情
第二天一早到县城虚报年龄
跟随表姐当起
饭店服务员
后来攒钱重返校园考上了大学

当我再次回到村里

我把当年那块大石头指给

和我一起回家的他看

他对我说

"要不要陪你上去再坐一坐"

西毒何殇

诗人，小说家。1981年生于陕西，现居西安。射手座。党项族后裔。著有诗集《人全食》等多部。参与发起长安诗歌节，历任秘书长、主席。

医院最好看的女人

唐都医院住院部
十七层呼吸科
上来的女人
是我今天早晨
遇到的最好看的女人
她说那个叫崔凯的
男医生长得很帅
是护士们的男神
她和闺蜜旁若无人
嬉笑了一阵
才说
"我早就把自己
判了死刑了，

今天来医院

就是听他宣判的。"

价值导向

我相信

有一部分

原始人

反对把野牛交媾

画到岩壁上

羊毛格子衬衫

父亲去世后

整理他的衣物

翻出两件

羊毛格子衬衫

其中一件

我穿着尺寸刚好

另一件有点小

就顺手递给妻子试试

想不到她穿上

竟然十分合身

非要拿走自己穿

昨天从干洗店

把衬衣拿回来

她问我

"你看我像爸不？"

我说特别像

她说那你叫爸

"爸——"

穿羊毛格子衬衫的人

没有答应

戴眼镜的老民工

工地有三四个老头

老得就像是

刚从土里

挖出来

干活儿很慢

一个栽警示牌的小坑

需要挖一整个上午

没办法，

工头说：

已经找不到年轻人了。

他们很少抽烟

埋头

缓慢地

挖土

他们没了土地

玉米

被挖掘机碾压在土里

还有一些坟

挪到

更靠近河的那边

他们从夏天

干到春天

整个冬天

都在挖土

我每天都能见到他们

跟那些爬脚手架干活的

年轻人不同

他们只在平地上挖土

不戴安全帽

却戴着眼镜

每一个

都把眼镜

用细绳子绑在头上

我从没用绳子

绑过眼镜

如果滑下来

我就用多余的手

把它

推上去

卖红薯的人不见了

只剩下烤红薯的炉子

还在路边

自己烤

炉子旁边

排起了长队

可是

卖红薯的人不见了

有个女孩抱着纸盒

有个男人蹲在路上

卖橘子的担子

和臭豆腐车大声吆喝

傍晚的人流

把暮色和行色

挤出汁儿

收停车费的大婶

奋不顾身追一辆企图逃费的奥迪

公交车站

有人打起来了

唯有烤红薯的炉子前

秩序井然

可是卖红薯的人不见了

菩萨磨牙

庙重修以后

和尚还没来全

看门的老张

每晚趁香客散尽

拿块糟木头

打磨正殿门口的

青石

他的任务是

在试营业的三个月里

磨出两个

形似跪出来的凹槽

附近有夜游神和失眠鬼

向老张打听

为什么半夜

庙里老有声响

他说

是菩萨在磨牙

寻找布考斯基

在圣佩德罗

美不胜收的

绿山公园

整齐排列的墓碑丛中

搜索了两个小时后

我终于引起了

一位管理员的注意

我向他解释

我找不到亨利·查尔斯·布考斯基

他笑着说

"噢，布考斯基

你们大概很久没有来
看过他了吧？”
当他知道
我是从中国来的布粉后
主动开车带着我
来到一个山坡下
手指着漫山绿草——
“就在那里
有啤酒的地方。”

听不见

那里的人说话都很大声
几乎是在咆哮
让我这个访客很不习惯
待回到酒店房间
当地的朋友才对我吼：
像你说话这么小声的人
在我们这里都消失了
他们的人和他们的声音
一起消失了

卖雪球

隆冬的街头

一位年轻的母亲

笑吟吟地看着

流浪汉模样的中年男人

把一个雪球

递给婴儿车里的孩子

男人面前的小摊上

从大到小

整齐地摆放着

好几排还未售出的雪球

这是一九八三年的美国

总统里根制定星球大战计划

先驱者号飞出了太阳系

战败

东京酒店房间的

电视里

竟然能看到

国产革命历史题材

连续剧

剧里的人

不管是国民党

共产党

还是北平街头的老百姓

一张嘴

都讲日语

不知道的

还以为中国战败了呢

星星

一九八七年的秋夜

我在树下捉蛐蛐

大十一岁的叔叔

告诉我一个秘密

"天上有颗星星是人造的。"

我抬头看了很久

并没有找到

他说

眼睛看不到

要悄悄听

能听见《东方红》的音乐

我俩安静地坐在

山村的院子里

竖着耳朵听

过了好一会儿

他问我，你听见了吗？

我说，只有蛐蛐叫

我也没听见，他说

不过我小时候

跟你一样大那会儿

听见过

这么多年

也许卫星没电了

阴影的形态

几年前

长安诗歌节一干人

驱车前往太白山深处

参加一场

官方举办的诗歌活动

在环山公路上

当汽车匀速穿过

一排整齐的树影

我和朱剑同时开口

他说的是

"阳光的梯子"

我说的是

"阳光的囚笼"

几年后

我和一个女孩子

（并非诗人）

再次驾车经过此处

我还没来得及

给她讲上述经历

她就脱口而出

"阳光的梳子"

梦耳朵

我和一个姑娘

躺在大学宿舍

的铁架床上

还没来得及做什么

楼道里

传来辅导员

检查卫生的声音

我们慌里慌张

不知该如何是好

她突然说

没关系

我个子小

就藏到你耳朵里吧

还能说悄悄话

说完她就真

钻了进去

辅导员一直没进来

她就一直不出来

只是轻轻地

说着什么

小婴

原名闫超华。1987 年生，毕业于阜阳师范学院中文系，现居合肥。写诗，兼事童诗评论。

苹果

每天清晨
受伤的青苹果都会
变成红苹果
在纯洁的树身
有一颗小女孩形状的心

每天正午
苹果的嘴的圆环
都会环环相扣
里面可以种植一粒粒豌豆

每天晚上
我的睫毛都会变成
眼睛的最后两辆火车

穿过茫茫黑夜

天亮了，我看见
一群小女孩
在果园里跳上跳下
果子也跳上跳下

一本阅读自己的书

天黑了
我的房间里
有一本书
它嘤嘤地
阅读自己

这里太冷清了
一点风吹草动
都会将它惊醒
然后迅速地
将自己合上

偶尔它会在书中找书
然后一一打开它们

墨色的眼睛
水灵灵的

它读书的声音
压得很低，很低
有时听起来
像是两个孩子
在谈心

蘑菇伞

小男孩在房间里
举着一把伞说
我是一朵四岁的蘑菇

小女孩在房间里
也举着一把伞说
我是一朵五岁的蘑菇

两个洁白的形体
站在一起，宛如
两个刚出生的动物
身体有点儿发绿

我多想举着伞

蹲在他们身边说

我是一朵二十九岁的蘑菇

哪怕立刻就被收起

身上落着金黄的水滴……

小麦

本名杨刚，1982 年出生。作品散见于各类报刊，有作品入选《平凉新诗选》《劲诗榜》《自便诗年选》《葵》《新世纪诗典》《21 世纪中国诗典》《中国新诗年鉴》等诗歌选本。著有诗集《美女》《60 首诗》。

呓语

一把钥匙
吊死了，在公园的树上
闪着北方的光

八哥

毕业以后
六年没见
刚要客套
小魏开口一句

"请叫我八哥

道上朋友

都说我二

横竖是二

干脆

直接翻倍

请叫我

八哥！"

羊肉泡

太阳刚刚爬上山头

我牵着家里剩下的唯一的牲畜

去野草茂密的山头放牧

小羊享用着上天的赐予

不时抬头看看我

纯净的眼神似乎在说

呀，美味

太阳刚刚落下山头

村长要招待乡里的干部

要牵走家里这唯一的牲畜

只因为乡长喜欢羊肉泡

猜拳的乡长不时吧唧着嘴
还对村长在说
呀，美味

几朵，几朵……

桃花开了
几朵开在对面的山上
几朵开在最近去过的新开塬上
最美的几朵开在老家的门前

三舅

刚才微信提示
新的好友里
有可能认识的
手机联系人
点开一看
是已经去世
一年多的三舅
我从未删去他的号码

照片和 QQ
他很好
在我的手机里

他远行的那天
好多人点了赞

问候

敲出一段话给远方的老友
准备发送的时候，选择了删除
许久没联系，不应该以苦闷开头
重新打了一段，又觉得是在炫耀
删了叙叙旧吧，却还是在反复过去
没有丝毫的意义。在一根烟的时间里
纠结于自己想对他说些什么
贸然的一个消息过去，会不会让他以为
以为我缺钱了，开始学会虚伪变得势利
本来简单的问候越来越复杂
只好打开他的朋友圈，把最近
关于他的消息，逐个点了赞

一面墙

"只生一个好"
刷白后，写上了
"鼓励生二孩"

妈妈说，有一天我会飞起来

每天，我都会
不自觉地
摸摸脖子后面
那三颗痣
从娘胎里带出来的
三颗痣
妈妈说那是龙鳞
有一天
我一定会飞起来
三十多年了
妈妈在电话的那头
只会问我
最近过得好不好
却不再关心我
到底有没有
飞起来

弦河

本名刘明礼，1988 年 10 月生，贵州省石阡县坪地场乡人。
高三肄业南下开始打工生涯，现漂泊于上海。著有抒情诗
集《未曾遇见的你——写给安系列抒情诗》。

做一块石头

一块石头卧在翁子沟
你要做一块石头
漫山的石头卧在翁子沟
你要做一块石头

在石头上开荒耕种
你要做石头上的水
在石头上发芽开花
你要做石头上的花
在石头上载歌载舞
你要做石头的女人

你要做一块石头

首先要学会做石头的女人

做石头的男人

你还要学会做石头的孩子

做石头的革命者

回答

你打开门可以看见

我的影子

你要我怎么阐述影子呢？

它是我灵魂最真实的一部分

在龙川河畔，看见涌来的水

水来的时候，白骨嵌在灯光里

我看见从水里走来的人

他轻松解开我身上的锁链

于是那些锁链断成无数个断链

它们进入水，于是成为水上的光亮

它们溅上夜空，于是成为天空的星辰

我知道它们一部分进入人的体内

成为骨骼的一部分
锈迹斑斑，越老越沉

桥

一群小孩子站在小树边
看一只不断刨土的狗
他们相互证实，一只正在刨骨头的狗
此时河畔灯火明亮
泉都大桥从河东架到河西
我知道，真正被卷走的都藏在流水里

眼前是一片美好的世界

眼前的世界，美好，有阳光洒落
一缕紧挨着一缕，在这个繁忙的世界上
谁都不愿快一分或是慢一秒
它们形同陌路，偶尔相互窃语
我猜想，这个美妙的世界太大
它们来不及相互认知，相互感怀
涌入这个世界的时候，不约而同地

选择相互爱护，像一缕阳光挨着一缕阳光

紧紧贴着，因为阳光发亮的新绿

眼前的世界，美好，仿佛它们没有生命

肖水

原名黄潇，1980 年生，湖南郴州人。出版诗集《失物认领》《中文课》《艾草：新绝句诗集》《渤海故事集：小说诗诗集》，与人合译布劳提根诗集《避孕药与春山矿难》，主编《复旦诗选》（2013、2015、2016）。

玩具禅

有些鸟如烟一般上升，它们极易
被吹散，也极易被水泵所吸收。

云朵是天空被剔除的脂肪，雨水
的纹路，使树林像紧张的麻布口袋

我希望寺庙是粉红色的，我希望
运鱼卡车上藏着迷恋搭积木的狮子

一九九一年

一九九一年，你伸出舌头，啪，啪啪。
黑色的衣服，渗出洁白的脚踝。蹲在
桂树的枝杈上，月亮并不随你下沉。
一天本来就如此结束了，一九九一年。
你觉得再不会重新经过这里，发梢混合
毛衣的气息，好像路左边又多条平行线。
而消失其实是一种荒芜，岩石上的草
像清晰的旋律里，那已然枯萎的部分。
你发现，一九九一年，客厅的灯还亮着，
雨声漠然又平静。垃圾箱像一艘失控中
的铁船，猫踮起脚，故事的结局在它
眼中还没有更新。其实，这样他就能够
忘记你。一九九一年，干燥的水泥地
加大了阻力，陀螺有时候会悬空飞起来
蜻蜓抖动着水波，那些愿意看得真切的
似乎，都是因为它们无法被真正拥有。
一九九一年，空调吹出的冷气让人微醉
不醒，脱掉衣服，身体陡然开阔了很多。
花盆里的茉莉，像几团浓雾凝在枝头，
你俯在他身上抽烟，侧脸有汗珠漫开的
分割线。一切都会好起来，一九九一年，
放弃你的人将重新爱你。走的时候，他
对你挥手。雨水的迟滞，让你有机会

感受它在有规律地偏移。你微微的笑，
晃动在渴望与真实之间。差不多就是
那个时候，一九九一年，你在重调后的
闹铃声中安静地醒来。出租车后视镜里
苍老像树倒向路边的沟壑。等你在起飞
的震动中，盖好毛毯继续安睡，桌上的
纯水，已冲淡晨昏时的霞光。它冷清，
些许破损。所有鸟的翅膀都低下去，对
逐渐远去的晦暗的地面，你说，再见。

文森特

你总让我感到不快乐，文森特
我走在中国的大街上
我怀抱着的书页里，满是
你的自画像
现在的人们用彩色照片复制
你烟斗下的坚硬的胡须
你墨绿的眼睛和瘦削的脸
你绷带下被爱情灼伤的耳朵
我固执地认为，那是
你为我作（的）
秋天有人走在空荡的吊桥上

你扣起风衣，准备出门
我需要事实的真相，文森特

今天中午我骑着自行车
混在闯红灯的人群里
离开他们二十米后，我停住了
我后悔了，文森特
我知道，在乌鸦群飞的麦田
你在为那些贫民拾起麦穗
把粮食和狗尾巴草分开
闲暇时，你会忧伤地注视着我
你的脸是狭窄的湖，清澈的
贝加尔，你挥挥手，说
现在，大概可以采摘向日葵了吧
扔掉鸢尾花，去阿尔的田野吧

我把你的小椅子带回家了
在它的背面有你的签名：文森特
我可以帮你弄到咖啡馆的角落去
你的一幅画抵当五片面包和一壶
咖啡。我希望我是二十三岁的提奥
给你带来一个弟媳，粮食
和一个睡在麦秆上的侄子
我准备结婚了，文森特
我背过你的时代，收拾好你留下的

镰刀和马铃薯。我要穿过

你为我设置的璀璨星空

去厨房找一截还没有吃完的奶酪

夏西

1981 年出生于云南宣威。诗作入选《新世纪诗典》《2017
年中国诗歌精选》《中国先锋诗歌年鉴：2017 卷》和《中
国口语诗年鉴：2018 卷》等。

没去过草原也要赞美一下草原

"风吹草低见牛羊"

这草该有多深

每次想到这句话

我就想起那一年

我们搂抱着

在家乡野外的草地里

不停打滚

那时一点风也没有

我们依然整个儿

露在了外面

最幸福的时刻

最幸福的时刻
永远是
一九九九年刚工作的第一个月
领到第一笔工资后
用工资的大半
为母亲安了一副
假牙

彩虹

女人弓着腰
低垂着头
如瀑的长发浸在水盆里
左手握着塑料水瓢
不断舀水
从头上浇下

她突然向后甩起长发
斜阳下
我看见
在她头顶形成一片

弧形水帘的同时

还出现了

一弯彩虹

小招

原名李建辉，1986 年生，湖南会同人，祖籍湘西，苗族。2003 年入读南京师范大学历史系，2005 年退学，赴北京漂泊多年。垃圾派代表诗人，著有诗集《我的希望在路上》长篇小说《啤酒主义的荒诞快乐》。2011 年情人节在湖南家乡跳桥自杀。

我一点也不担心小力的小偷小摸

半同性恋半小偷半疯子
是阿坚给小力的结论
事实上也确实如此
所以我们会经常转告朋友
千万不要带小力上自己家
如果去了，东西一定要看管好
但是我一点不担心小力的小偷小摸
甚至还觉得这个人非常可爱
阿坚也是
因为
我们都
一贫如洗

杨艳

1982 年生于福建宁德。诗作入选《新世纪诗典》《中国口语诗选》《当代诗经》等选本。《中国口语诗年鉴》编委。

想象力

微信运动上

有个领导

每天都给女同事点赞

不管她走了十二步

还是一万步

大家聊起这个事时

我说

他这是把女同事的

微信运动

当成她们的脚后跟来摸

同事笑我想象力太丰富

如果我告诉她们

那位领导平时

老喜欢在周围没人时

碰一下我身上
这里那里
她们就不会这么说了

没想到

领离婚证时
我和前夫
已经快一年没见
听说他早把工作辞了
就问他
"那这一年
你是怎么过的"
没想到
他的回答是
"和手过呗"

证

和我一起办了几趟私事后
八五年出生的未婚女同事

一脸愁容地问我

怎么办呀，你这辈子

干啥都得拿着

这个证

她说的是我的离婚证

我笑了

有啥啊，你要是结了婚

还不是干啥都得

揣着那个证

婚礼

婚礼上

司仪让新郎给新娘

献结婚誓词时

隔壁婚宴厅的音响

突然串场

那边司仪高亢的声音

响彻这边全场

淹没了新郎的声音

宾客一片哗然

誓词变成了

新郎对新娘的私语

新娘热泪盈眶
我什么都没听清
也热泪盈眶

自我介绍

我出生并成长于
福建沿海
但直到大二那年
去长沙
认识了
一位内蒙女孩时
我还没见过大海
她对我说
"我也没见过草原
和你有一样的尴尬"

志愿服务

两个单位
组织了

几十个志愿者

到路边摆摊

做志愿服务

工作日的上午

路边行人

寥寥无几

部分志愿者

摘下小红帽

脱下红马甲

轮流当起了

路人

接受服务

偷听

我妈打来电话

却不吭声

我知道又是她

不小心碰到

打过来了

我没有挂掉

竖起耳朵

又听了一会儿

她在和伯母
谈论我爸
电话估计在口袋
最清晰的一句是
我妈说的：
有时候畜生
有时候人

无题

离家出走十多年
的爸爸
回来后
我就不爱
回老家了
老家的木头房子
卧室都在二楼
一间挨着一间
夜尿时
用痰盂
那声音
我已不习惯
让他听见

把他挂在风雨中

暴雨将至
我加快了
奔跑的速度
上午手洗的
他的
一套睡衣和一条浴巾
还在外面晾着
一下电梯
便直冲露台
已经
刮起了大风
落下了
大颗大颗的雨滴
他的衣服在风雨中飘摇
我脱口喊出：
"啊！老公！"

望穿

弥留之际
为了方便

外婆被转移
到一楼的房间
现在
我正躺在她瘫痪后
躺了近三年的床上
盯着天花板
我想从那上面
找出几个洞来
外婆是否曾通过那里
看见天堂的样子

鱼浪

80后。作品散见于《诗潮》《东北亚新闻》《艺术文化》《新大陆诗刊》《新世纪诗报》等，自制电子诗集《来者何人》，少量作品被译成德、韩、英等语。

旧教堂

那是一座废弃的教堂
窗户上的玻璃被人打碎了
四周是耕地
地里种着
当归　麦子和油菜
一个下午
我安静地坐在水泥台阶上
像这里唯一的信徒
当然
还有几只小羊
把门前的草皮啃了又啃

我不知道为什么要写下这首诗

二○一六年十一月十四日的晚上
天空挂着一轮圆月
一个稚嫩的声音在暮色中回荡：
妈妈　你看姐姐在天上

母亲、杏花与麦子

池坪村郑家梁上

杏花遍地

母亲晃动着身子

背来一袋麦种

潮湿的土地上

不久

将会麦浪滚滚

而大雪之后的杏树上

只有几只叽叽喳喳的麻雀

那么像几颗残留的麻杏子

袁永苹

1983 年生于东北。出版诗集《私人生活》《心灵之火的日常》，偶有诗歌、评论及小说发表。现居哈尔滨。

床

此刻她看着那张床

灯光铺展得高贵

早上太阳升起来时他们曾在那里做爱

三个月来他们在那里争吵。

他狠狠地拉她并赶她走

在那床旁边她痛苦地收拾行李。

把毛衣、小短裤一件件装进拉杆箱。

它是一种木制的大床

上面铺着浅粉色床单

床头是红色和蓝色小格子枕巾。

它是一个普通的家伙

廉价、批量生产

那是他和以前的妻子一起买的。

可它看起来并不旧。

自从她搬到他这里，

他们每天睡在这张木头大床上面。

睡前阅读

他读《圣经》。

她读雷蒙德·卡佛的小说。

今天，他出门去了

她一个人在家。

现在，她看着那床，

感觉到冰冷，就像是

搁置在停尸间里的一小节尸体，

一个隔绝的空间，或

一扇无法返回门。

城市

我从未像此刻一样，渴望哈尔滨的树木和街道，

渴望回归到它们中间去，就像回归一种早已属于我的秩序。

两年来，它们横亘在我的头脑里，在闭上眼睛睡觉时，

突然——林立在那里。

在那里，我无数次在步履匆匆时，忽然抓住一个句子。

我丝毫不在乎我的物质人在哪里，

当我的精神跃动的时候，我才抓住我。

我在这个城市不会爱，在那个城市也不会，

我在这个城市哭，在那个城市也哭。

城市只不过是我的行李，我因此对离开毫无感觉。

如果我能有耐心将这首诗，写得再长一点，

我可以让自己感觉更好或者更糟？

但可惜我要就此停笔，因为我无心把它们写好。

就像我无心生活在任何一个城市。

一个下午

这个下午如此漫长，

一只黑鸟在我抬头的刹那

飞上高耸入云的摩天大楼，

然后隐没在那里。

一些人，在狭窄的护城河里冬泳，

与那些戴毛线帽子的钓鱼人

一同浸在一条发绿的河里。

他猛地钻出水面，

带出黏稠的大地子宫和胚胎。

我返回时，我错过了——你说：

一个人钓上一条好大的黑鱼。

这么长——你说。

我的脑中出现一条烧焦的木炭，

那条黑鱼发着红色的火焰。

冬季开始了，但并不冷。
我不停地喘着粗气，已经很久了，
从那年的一个背德之夜到如今，
在这个静默的下午，我们一起消耗彼此，
在河边的长椅上旁观看冬泳的人
无视婚姻中炭火一样烧着的。

袁源

男，生于 1984，现居西安。

无边的雨

集中下在我们村
全村的雨
集中下在我家四方小院
最后集中下在
我外婆的窗前
她坐在雨幕后面
发出长长的叹息

窗下
蹲着
一只
蟾蜍
以吸食这些叹息
为生

穿墙术

一个老头穿进去
出来一个姑娘
一个姑娘穿进去
出来一条狗
一条狗穿进去
出来两条狗

清早起来
路过一个小区
看到如此奇幻的景象
我高兴坏了
以为世界终于
可以穿行无阻
生活顿时
有了无限可能

走近才发现
只是小区的栅栏
断了一根铁条
真相令人沮丧
这世界依然是
铁板一块

接了一个电话我就迷路了

我在大路上

笔直地走着

一个电话打来

边接边走

打了很久

挂掉电话

我惊呆了

完全不知

身在何处：

但见树木葱茏

四面合围

桂花馥郁

香气缥缈

亭台错落

流水叮咚

游鱼无心

不辨东西

一株松树下

有人在读报

问之不语

凑过去一看

那报纸没有日期!

我拔腿就走

误打误撞
回到旧路
一点也想不起来
刚才的电话
是谁打的
也不记得
都说了什么

偏方

从小我就爱流鼻血
也因此掌握了
一些止血方法
凉水敷额头
线扎中指
高举另一侧的手臂
用卫生纸塞
教室里粉笔
也是不错的选择
最独特的
是我外公的办法
走在山里或田间
我突然流鼻血

他不慌不忙

脱下一只布鞋

用鞋底的一侧

摁在我出血的鼻孔上

一通揉搓

鞋底上黄土的味道

阳光的味道

草叶的味道

羊屎蛋的味道

昆虫尸体的味道

混合在一起

直冲鼻孔

令我一阵窒息

令鼻血瞬间倒流

白大褂

农村办丧事

亲戚多

有时孝服不够穿

就有人去诊所

借医生的白大褂

应急

送殡的队伍中
穿白大褂的人
像是急救来迟的医生

老有所谋

我发现
最爱放风筝的
不是儿童
是那些老人
顺着天空中的黑点往下找
你就能看到他们散落在大地上
攥着一根根细线
就像老人们普遍热爱的另一项运动
钓鱼一样
这回他们把诱饵送到了高处
高过所有楼顶　靠近天堂的地方
在那里有什么东西会上钩吗?

幼儿园

毕业在即

我问儿子

会不会舍不得幼儿园

他回答得很聪明

也很坚决

"终于可以

和难吃的汤圆

说再见了"

可到了今天

毕业后的第四天

晚上睡觉之前

我忽然发现

他把枕头换成了

在幼儿园用的枕头

被子也换成幼儿园的被子

连幼儿园铺的小凉席

也搬到了大床上

漫长的告别

他在上一站下车

我们说过再见

公交车超过他

继续前行

没走多远便遭遇堵车

他从后面赶上来

隔着同一扇车窗

我们将微笑和重复告别

公交车启动后再次超过他

不久又被他第二次追上

如此反复到第五次

我们已经笑不出来

也不想再见了

闫永敏

生于 1983 年 1 月 12 日，籍贯河北，现居天津。

红纱巾

我在梦里排队看病
病人被送进隔开的小房间
上锁，像古代的考场
我等了很久，变成老太太
医生说，你可以进去了
不行，医生，跟随我多年的
红纱巾，不见了，我要去找它

黑蝙蝠

你看见的黑蝴蝶
不要害怕它是黑蝙蝠
黑蝙蝠不会在晴朗的正午出来活动

黑蝙蝠不会反复留恋院子里的丁香花
如果它是黑蝙蝠，我会看得更久

碗的属性

记不清具体的时间
当我意识到自己的属性
我在洗碗时
把我的和母亲的一起洗
放到橱柜里
也不让它挨着弟弟和父亲的

预约

我在商场里逛累了
低头走路
再抬头
迎面撞来一个眼熟的人
是谁呢
我上前仔细看
哦，是我自己

原来我面前是一块镜子
为什么刚才没有一下子认出来
似乎见到自己
也需要提前预约

如何知道秋天到了

我提着绿葡萄慢悠悠地走
路过一个老人时，他盯住我
"你听听，知了叫"
我疑惑地停下
老人把目光移向柳树
"叫声变了，跑调了"
我这才注意到有知了在叫
听了听，没听出什么来

桃园土

她和男朋友买了房子
装修之后
她又买了土种花

她想起前些日子回老家时
在果园摘了桃子千里迢迢背回来
却忘了带些土

看见楼顶的人

又在单位的联络表上
看到王主任的名字
想起最后一次和他说话的情形
当时他带着施工队修补楼顶
我好奇楼顶的样子，爬上去瞧
他们正在铺油毡

王主任指着周围的高楼对我说
"这些楼看着挺好
其实好些都坏了楼顶
下面的人看不见"
三天后，他突然离世
再过两年，他就该退休了

为什么要有硬币

十多年前
家人在城市讨生活
我独自在家乡上学
放假时去城市找他们
有一个暑假
他们总让我去存钱
都是硬币
银行的工作人员要数半天
因而态度不好
我就不想再去了
家人劝我：你是个孩子
不要计较那么多

心碎得像饺子馅儿

她又说她的那些事
我听得昏昏欲睡
当她说出从未说过的
"心碎得像饺子馅儿"
我一下子来了精神
称赞她说得有趣
但她更难过了

睡衣事件

梦见我睡醒了
穿着白色丝质睡衣在房间里晃
我的朋友,有男有女
忽然闯进来
我抱紧自己蹲下
我害怕他们看见我衣衫不整的样子
但他们似乎没注意到
我急了,展开双臂站起来
大喊:你们没看见吗
你们没看见我穿着睡衣吗

一捆玫瑰的味道

与一个快要退休的女同事
在单位门口
碰见花店来送玫瑰
同事问一捆玫瑰多少钱
送花人没说话
同事又问我
我摇摇头
我从未收到过玫瑰

也没给人送过
但我会做玫瑰花形状的馒头
冻在冰箱里
可以吃半个月

他脚边卧着一只小白羊

事情过去很久了
那年春节前我坐火车回家
车里很挤
我一直看着窗外
经过一片杨树林时
我看见在落满叶子的斜坡上
躺着一个用帽子遮脸的人
下午两点半的阳光罩着他
他脚边卧着一只小白羊

李八牌小学

这是我们村以前的小学
每两年招收一批学生

读完一二年级

三年级时去外村

整个学校只有一间瓦房

老师也只有一个

后来村里把它卖给一个中学男老师

他围着瓦房建了一座院子

结婚

生了两个小孩儿

牛奶点滴

医院小花园

一盒牛奶

躺在

花坛边沿

吸管

一滴一滴

往月季花叶子上

滴着牛奶

吹

第二次出院那天
母亲的伤口已长好
医生给她拆掉绷带和纱布
她开心地穿上胸罩
在切掉的左乳房那里
塞了一团卫生纸
问我能不能看出来是假的
我认真地看了看
告诉她跟真的一样

邻床的中年女病人
看着穿戴整齐的母亲
轻抚着自己空掉的右胸
发愁以后怎么办
她丈夫总是笑眯眯的
出主意说
你可以塞个气球
等回家了我就买气球练习吹
你想要多大的
我就吹多大的

我想有男朋友的时候

不是做了饭吃不完的时候
不是一个人看电影的时候
不是搬不动重物的时候
不是被妈妈催婚的时候
不是独自去医院看病的时候
不是抱着自己睡不着的时候
当我穿连衣裙或者脱下
后背的拉链拉到一半拉不动了
我想要是有个男朋友也不错
早上他把我的拉链拉好
夜里他把我的拉链拉开

妈妈

妈妈对朋友夸奖我
放假回来每天都做饭洗碗
我却想起昨日和她烙馅饼
我把两斤韭菜切完后
她嫌我切得不好
让我重新切
但表扬了电饼铛

因为电饼铛会自动调节温度
她是这样表扬的
比你聪明多了

看着自己成为帮凶

两个同事竞争职称
一个工作出色
一个与我要好
二选一投票
我考虑几分钟
在他俩名字后面
都打了对勾
这样就成了废票

严彬

1981 年生于湖南浏阳。出版诗集《我不因拥有玫瑰而感到抱歉》《国王的湖》《献给好人的鸣奏曲》，文集《宇宙公主打来电话》。

赵先生

赵先生就要死了

他躺在床上

平静地回忆了一段旧时光

昏迷中那不存在的恋情

让他暂时活了下来

现在他已经坐在轮椅上

由他的小儿子推着

阳光照在他身上

情人盘着头发来看他

"你还好吗？"

"如果昨天晚上我们那个了

你会开心吗？"

妻子和情人在亭子里商量他的后事

赵先生在外面晒太阳
他的小儿子在旁边转圈
赵先生的脸就这样被黑布慢慢盖上了

浏阳河的背影

浏阳河
我奶奶洗菜的河里
那些年溺水的孩子也都老了

继续藏进浏阳河
丰富它的故事
魔性更大的浏阳河里
我的母亲在河边挑水

我奶奶也就死掉了
烧了她的床和衣服
烧给她房子和家畜
所有的背影都消失在浏阳河里

我的奶奶不能复活了
我的母亲也就死掉了
这么多年来浏阳河的水
我为什么再没有喝过

年轻时给母亲的十四行诗

她是孤独的

坐在门头叹气

是一本小说的中间部分

有时候她给我钱，给我饭盒

有时候骂我——

她的忧伤看不到尽头

月月坐在门口等我回来

远处的草绿了

远处的草黄了

远处的草枯了

我认得她和木门构成的影子

她从不说孤独，不说穷困

她只说每个月没有钱

她的头又痛起来了

清明

回家种地，回到涧口去……

和父亲、弟弟在一起

在池塘边洗孩子脚上的泥巴

孤独的时候
走三里多路，去和山上的母亲
说一下午话。

回到那个可以点木柴的地方
洪水滔滔，河风吹到我的家
四处都是熟悉的人
安守同一种道德
遇见全部的亲人，无论活着
或在坟墓里。

杨菁

女，85后，陕西汉中勉县人。著有诗集一部，散文集一册。

一个人的房间

在小镇，我所居住的房间
背靠南山
面朝田野，溪流
这是一个好时节
油菜花刚刚谢幕
油籽饱满，亟待分娩
不知名的花儿依旧开放
整个世界开始转绿
开窗，是两座醒目的坟墓与墓碑
除了那只经常半夜敲窗的松鼠
和清晨叫醒我的一群鸟儿
一年四季，它们是我最沉默的邻居
即便清明时节，有刺鼻的鞭炮味儿
纸钱

还偶有无处诉说委屈的妇人

在坟头嘤嘤的哭泣

这些，对于一个居住在此

六年之久的女子

我们相处和谐

习以为常

余毒

生于 1983，四川古蔺人，汉族蒙古裔。

农牧基因

去任意陌生城市
随机上一辆公交
无所谓哪站
潜入某条街巷
暴走
似乎如此方能迅速吸取地气
而洞透某些奥秘
总是抵达的是
当地最大农贸市场
那是
永恒的女性

过阳澄湖

车窗外暴雨是更快的高铁

密集冲击水面

前方到站苏州北

将有大批大闸蟹

涌出车厢

在长度两分钟的站台抽烟

庄生

1985 年生于潮汕，现居深圳。著有诗集《冷的光》，诗文集《火焰的脸上》等。

父亲的模样

又到了心痛的季节

没有了绵绵细雨

阳光灿烂

这样的日子

多少年未曾遇到

如今，我已经可以想象得到

你白骨的模样

多么安详

与

沉默

我的父亲

你住的房子没有门

我进不去

白与黑

晚自习
一个初一学生问我
林肯是黑人还是白人
我脱口而出
黑人
后来我发现我错了
林肯是白人
我之所以有这样的常识错误
源于他废除的奴隶制

母亲

母亲接电话或打电话
总是很大声，让人
怀疑她的肺部
装了一台发动机
母亲爱干净
总把家里的地
拖了又拖
仿佛那是一面可以照见
自我的镜子

她不允许

留有一丁点灰尘

母亲很孤独

生了我们六个孩子

但父亲过早的离去

给她带来失眠

我无法想象母亲

内心的粗糙与荒芜

只能理解她

平时站我身后

看我做事时

那份月凉如水的安静

大鹅

在外漂泊

多年

想回家

一只大鹅在回家的季节

抖动翅膀

鹅毛纷纷扬扬

覆盖我那

卑微的故乡

孤儿

当台上导师
问底下的人
父母还有什么遗传
给孩子的时候
一个角落里的小孩问
孤儿呢
导师微笑着说
"孤儿也有父母"

周鱼

1986 年 1 月 8 日生，汉族，广西梧州人，现在北京工作。口语诗铁粉及写作者，有作品入选《新世纪诗典》等。

我爸说

上班时间不准喝酒的工作
做不来

你直率，我坦然

"装思想
装艺术
装神弄鬼"
这是第六届
广州三年展
一位观众的
观展留言笺

主办方

广东美术馆

毫不避讳

坦然将它

贴到观众留言

展示区第一排

第二张

就是它

张甫秋

1986 年出生于天津。作品被选入《新世纪诗典》、《人民文学》海外版《路灯》、《葵》、《中国口语诗选》、《1991 年以来的中国诗歌》、《当代诗经》、《诗歌月刊》、《群文》等。

性感

很多人告诉我
"你是个妖精"
我想，问题
出在
做过激光矫正手术的
眼睛

接近天籁

朋友去西藏说
牦牛肉干九十四元人民币每袋

朋友没舍得给

我买

我说不买就不买吧

留着那些牛那些羊

那些不牛不羊的

好好在山上吃草

没事的时候

往下看看

在沙尘来临之前

正如每天一样

我坐在电脑前

开始额外的工作

叽叽啾啾的鸟鸣

混合车铃声

飘到桌旁

我确信那是来自城市的麻雀

或者同等飞禽

我开灯想看得更真实

它们却随光亮一起消失

布局

夜光闯进屋子

闯进了没开灯的屋子

夜光打在书柜上

打着没放满书的书柜

夜光照在液晶电视上

照着闪着银光的电视

夜光浮在地板上

铺满刚刚洗刷过的地板

夜光躲过书桌

躲避着不怎么凌乱的书桌

夜光没发现暖气管

没看见落了灰尘的暖气管

夜光也没看见台灯、盆栽、沙发

那儿也都是灰的台灯、盆栽、沙发

夜光瞄着镜子

瞄着一面小小的镜子

这时，在黑暗中的我

悄悄地"啊！"了一声

台湾地震时

正是一年的春节

我发送

"还好吗"的信息

对方无应答

已经过了四天

我才开始回忆

这个认识八年的朋友

面对茫茫的信息海

我竟然无从搜索

相关遇难名单

其实我根本不知道

他的名字或者

他住在高雄还是台南

我们都是好朋友

在机场我不甘寂寞

四处寻看各色人等

用网络聊天工具

跟 A 说有个人像你媳妇

跟 B 说有个人很像你

跟 C 说你看多像那谁谁

跟 D 说我遇见 E 了

跟 F 说这是那个老谁家小谁吗

跟 G 说唉你觉得他是谁

并发送了一个坏笑的表情

如果不是他们阻拦我

我可以一直说

直到飞机降落

在另一个飞机场

保持干净的卫士

每次刷牙刷到舌头

就会干呕想吐

我庆幸自己没怀孕

不然实在忍受不住

当然让我恶心的

还有肮脏卑鄙龌龊

下流愚昧蠢笨无知

贪婪邪恶暴虐残忍

冷酷无情荒谬虚伪

谄媚谎言阴谋诡计

不公正没真相

还有一丝的虚无

可也就几分钟

放下牙刷走出浴室

我就又是个好青年

甄胖子

1987 年生。籍贯河北张家口，现居北京。

机器人学校

她远比我想象的要紧张，
或者说是重视。
她笔直地坐在椅子的
三分之一处。
我笑着说，没关系的，放轻松，至少你可以靠在椅子上。
于是，
一个笔直的腰板，搭上了椅背，和椅背成了一个三角形。
我仿佛看到了，一个即将出产的机器人。
她今年小学五年级。

成人游戏

商场的娃娃机前面
很少有徘徊不走的孩子
都是锲而不舍的大人

我与这个国家的距离感

主要来自我对香水味强烈地排斥
出租车，酒店，餐厅
还有
夜幕下芭东海滩的街道
站满了马杀鸡女郎
她们的热情
让我避而不及
就连眼神的交互
都充满了某种契约的含义

成都特色

地铁口旁的路边摊
坐着一个年老的流浪汉
怀里抱着一只睡着的橘猫
她停下了脚步
翻了一下包
没带钱包也没零钱
除了刚买的两个双流老妈兔头
一个五香，一个麻辣
她走过去把五香的递到他面前
问：刚买的兔头，你吃吗？
他说：我要麻辣的

太平洋没收了我的眼镜

我一抬头
从海面爬起
女朋友在岸边大喊
你的眼镜呢
我回头看了一眼身后的海浪
送给太平洋了，我大笑
一个韩国人拿着他的冲浪板

从我身后跑来

用英语跟我说

如果你以前没有冲过浪

你需要一个教练帮助你

四个星期前

一个二十岁的男孩在海里丧生

你该庆幸

太平洋只是没收了你的眼镜

张进步

1982 年生于山东金乡。1998 年公开发表第一首诗。此后出版发表过诗歌、小说、神话等。

鄂尔多斯归途·在榆林

刘斌喝得脸红红的

说天雨以前就在

这饭店附近

开过酒吧

我问天雨

你咋就不开酒吧

当了警察了

天雨说

开酒吧老被

警察欺负

荒野故事集·月光下的兔子

在我们村

村后的

草莽间

掩伏着一片茫茫荒冢

晚上打这里走过

在月明地里

你会遇到

雪白的兔子

只有拳头大小

这时候

一味去追

怎么追

都追不到

懂的人

会脱掉鞋子

朝兔子盖下去

揭开鞋子看到的

往往是一些

有年头的玉器

玉蝉

玉戒指

也有玉锁

听老人们说

它们在墓穴里

住久了

经常会偷偷溜出来

换气

天堂驻人间办事处

就在我所住

小区的对面

每天我走过那条街

远远会看到

天主教堂

高处的十字架

继续往前

近了会看到

一家成人用品商店

我从没想过

它们会有交集

直到那个午夜

我在这无人的街头

闲逛

哦

那是成人用品商店招牌

发出的橙黄色光

静静地照着

天主教堂

左右

1988 年生于陕西省山阳县。出有诗集六部。

命

我挖了一个坑。挖了一会儿
看着它
又把它埋上。我为命运埋下的纸钱
没有人会知道

聋子

声音有没有颜色如同黑暗
声音有没有味道如同酸涩
声音有没有梦想犹如三天光明

声音有没有冷暖
声音有没有最初的爱

声音在哪里出生的呢，请你告诉我

我想在我的耳朵里也怀孕一些声音

我想在我的意识里也制造一些声源

我想将自己出卖给一个懂得声音的精灵

请你告诉我，外面的世界是不是喧嚣的

昨夜地震了，我没听见妈妈最亲近的哭泣

我最想要的答案

我想做一个能听见声音的聋子

母亲很多次偷偷读我的诗

母亲喜欢读我写的诗，虽然很多她看不懂

但每一个字读得很慢，老花镜不知擦了多少遍还在看

我不让母亲看并跟她抢，她就跟我干着急

有时候忘记了给父亲做午饭，挨了父亲的骂

每次像个小学生一样看着，看得我心疼，并开始

把家里的诗刊和报纸藏起来

她好多次趁我睡着了或者不在家

的时候，拿着凳子坐在院子里

一边读一边翻字典，读给脚下正在啄食的小鸡听

读给凳子下斑驳的树影听

读给来往的路人听

读给立在她身后默默抽烟的父亲听

有时她发现我出现在门口，就会红着脸读，读给我听

我是多么想听见那些该死的声音

失聪二十年

从未戴过助听器

几日前，由妹妹陪同

去民乐园科林助听器店测试听力

久对声音麻木

已经不知声音为何物

当助听器内发出一阵刺耳的声响时

我误以为，我听见了声音

激动得抱住妹妹

测试员说：别急，那只是震动

差一点

刚打开我的耳膜不久，耳朵里的声音就没了
刚打开我的声带不久，嘴巴里的声音也就没了

差这么一点点，就能听到童年最美的声音了
差这么一点点，就能说出最想说的一句话了

我一生下来，还没有准备把命运的喉音听清楚
还没有把壮丽的一生说完整

差一点，还把学业、事业和爱情搭进去

这一生，我耳门上的瞳孔和声门上的复眼
紧紧关闭，死不瞑目

在姐姐的婚礼上

在姐姐的婚礼上，我向一些陌生的姑娘微笑，并说你好
我看到的回答无非是这两种：
她们匆忙走开，并回头对我坏笑
她们装作没听见，背后骂我疯子

一整个下午，大部分人对我熟视无睹
我只是想打一个招呼而已，尽管姐姐告诉过我：
把你下巴的胡茬刮干净

但我很欣慰，有两个姑娘对我的问候有所示好
一个六七岁的小女孩，她正吃着奶糖，也对我微笑
把口袋里的奶糖分我一半，想将我当作的玩伴
一个漂亮的少妇。她走下楼梯时，乳房晃动了一下
我红着脸说：你好
"让开，你挡着我的道了"，少妇答道

唇语：分手信

她什么也没说
只是张了张嘴
又把话咽了回去

我懂了
很多时候
想和我说话的人
也只能这样

外国人

每次外出
别人听不懂我的话
总将我当作外国人
甚至还问同行朋友
"他是外国人吗"
朋友为了保护我
不得不撒谎
有时候朋友会开玩笑
"他是韩国人"
有时候朋友不忘损我一句
"他是日本人"
甚至有朋友也会说
"他是香港人，说繁文，繁体字的繁"

在奶奶的葬礼上

家里最小的外甥女
学我
装模作样
跪下来
磕了三个响头

又学我
双手合十
郑重其事地许自己的愿
"老奶奶
保佑我
最好看"

编者敬告

在本书的编选过程中，我们曾设法联系所有入选诗人，并获得了大部分诗人对入选作品的授权书，感谢各位诗人的支持。但在我们多方找寻后，仍未能与极小一部分入选作者取得联系，特此致歉，并请看到本公告后联系我们。

邮箱：motiepoems@163.com
地址：北京市西城区德胜国际中心 B 座 10 层诗歌工作室　收
邮编：100088

磨铁读诗会
2020/8

图书在版编目（CIP）数据

那些写诗的 80 后 / 春树主编 . —北京：中国友谊
出版公司，2020.9

ISBN 978-7-5057-4958-0

Ⅰ . ①那⋯ Ⅱ . ①春⋯ Ⅲ . ①诗集—中国—当代
Ⅳ . ① I227

中国版本图书馆 CIP 数据核字（2020）第 128588 号

书名	那些写诗的 80 后
作者	春 树 主编
出版	中国友谊出版公司
发行	中国友谊出版公司
经销	新华书店
印刷	河北鹏润印刷有限公司
规格	889×1194 毫米 32 开
	11 印张 238 千字
版次	2020 年 9 月第 1 版
印次	2020 年 9 月第 1 次印刷
书号	ISBN 978-7-5057-4958-0
定价	59.90 元
地址	北京市朝阳区西坝河南里 17 号楼
邮编	100028
电话	（010）64678009

如发现图书质量问题，可联系调换。质量投诉电话：010-82069336

中国当代先锋诗歌现场

《那些写诗的80后》 春树　主编
《正在写诗的年轻人》 李柳杨　主编

磨 铁 读 诗 会